異世界転移したら、
推しのガチムチ騎士団長様の
性癖が止まりません

プロローグ

人間、誰しも一つくらいは自慢できるところがあると思う。

例えば目が大きいとか、鼻が高いとか、肌が綺麗とか、脚が長いとか……

いや、今挙げたものならめちゃくちゃに自慢できる。そりゃあもうおおっぴらに。

そうでなくて、爪の形が綺麗とか、指毛が薄いとか、臍《へそ》にゴマ溜まりにくいとか、なんかそんな感じの「え？　それ自慢か？」みたいなものも含めたら、皆絶対一つは自慢できるところがある。

そして私、小倉《おぐら》あゆみの自慢できるところは「頭の形が良い」――これだ。


少し私の話をさせてほしい。

日本人の平均オブ平均である私は、容姿は可もなく不可もない。細身で中背。敢えて言うならば少し胸が大きい。少しだけだが。

高校まで共学で女子大に進み、現在は中小企業の事務をしている。ほんと平均な見た目と人生。

唯一とも言える自分の長所を活かすべく、私は生まれてこの方ずっとショートカットでいる。

彼氏いない歴は一年、ちなみにその人が初めての彼氏。だがその人とは清い交際で終わった。

それはなぜか。

――相手の体が貧相だったから。

これに尽きる。

そういうことをしようとして、互いに服を脱ぎ彼の体を見た時、細身とわかってはいたけれど思っていたものよりも格段に貧相な体を目にして、私のアソコは「砂漠か！」とツッコミをいれたくなるほどカラッカラで潤みの「う」の字もなく、胸すら触らせずに強制的に未遂で終わらせた。

少々オタク気質な私が嗜んでいた漫画や乙女ゲームでは細身の男でも脱いだらすごいって感じだったのに全然すごくなかった！

男の人ってみんな筋骨隆々なんじゃないの⁉

なんだこのヒョロヒョロは！　胸筋も腹筋もないどころか、腹なんて内臓入ってるのか心配になるぐらい薄いじゃないか！

あの筋肉の壁のようなシックスパックは⁉　女性の倍くらいはある肩幅は⁉　盛り上がった大胸筋は⁉　人一人簡単に抱えられる逞しい腕は⁉　プリッという効果音が似合うお尻は⁉

そして理解した。

私は筋骨隆々な男性が好きなのだと。

そして男の人の体に夢を見ていたのだと。

それなら、私は服を着ていてもわかるほどのガチムチマッチョな男性をゲットする！

そう決意して早一年——

現在、私は

異世界の道端に倒れています……

なんだこれ。

第一章

あれ？　私、今の今まで家でお酒飲んでたんだよね？

やっと華金が来て、帰りにお惣菜と缶ビール買って、ルームウェアに着替えもせずに一人で酒盛りしてた……とこまでは覚えてる。

なのに何故に今、真っ昼間にパンツスタイルのオフィスカジュアルの格好のまま石畳の道に倒れているのだろう。

やばい、飲みすぎて記憶が曖昧だ……

「あの、大丈夫ですか……？」

頭痛がひどくて起き上がれない。が、話しかけてくれた人を無視するわけにもいかない。

こめかみを押さえながら起き上がると、目の前には昔の西洋の服装のようにウエストから広がっているワンピースを着た可愛い女の人がいた。

可愛い子だなぁ。え、髪なっっっが!!

鮮やかな赤い髪にも驚いたが、それよりも髪の長さに驚いた。片側に纏めて三つ編みにしているというのに臍《へそ》下まで伸びている。三つ編みにしてこの長さってどういうこと!?

気づけば私の周りには人が集まっていた。辺りを見渡すと、その場にいた女性は誰しもが驚くほど髪が長い。

「あ、あの……？」

「あ、すみません。大丈夫です！　あの、ここは一体……」

「——どいてどいて。ここに不審な奴がいるって聞いたんだが……こいつか」

黒い軍服のような服装の男の人達がぞろぞろと連なってやってきた。どうやら警察のような感じの人達らしい。

厚手の服の上からもわかる逞しいお体で、良い眺めでとっても眼福なのだが、それどころではない。

不審な奴って私のことだよね？

どうしよう！　捕まっちゃう！　逃げなきゃ！　あぁ、でも頭いったい！　飲みすぎた！

「変な恰好してる奴だな。女みたいに細いし。とりあえず連れて行くか」

「えっ！　どこに⁉」

いやそれよりもまず女なんですけど⁉

地面に座り込んでいた私の両脇を逞しいお兄さん二人がガッチリと掴んで、無理矢理起き上がらせた。

こんな状況なのに、その逞しい腕の筋肉に触れられたことに、私は不覚にも喜んでしまった……

「ほらっ坊主、ここに入っとけ」

放り込まれたのは暗く狭い牢屋だった。薄くて変な染みができている毛布とバケツが置いてあるだけ。あのバケツってもしやトイレ……？

「あの、私怪しい者じゃないんです！　なんでか知らないけど、いつの間にかあそこにいただけなんです！」

予想していたが、ありきたりだけど必死な言い訳はまったく聞いてもらえず、逞しいお兄さん達はさっさとどこかに行ってしまった。近くにいるのはひょろっとした男一人。恐らく私の見張りだろう。

「そこの細いお兄さん、ここから出してもらうことってできます？」

「……」

無視。

まあそりゃそうか。

あーまだ酒も残っているから頭痛い。もう酒なんか飲まないぞ！　って、これすでに何度も思ったことだな…

これって異世界転移ってことで合ってるよね？　ラノベでそういった作品をいくつも読んできたから結構冷静な自分がいる。

だけどこの状況がどうにも納得がいかない。

異世界ライフって、チート能力を持って世界救ったり、王子だか皇太子だか貴族だかに見初められて溺愛ラブラブ生活が始まったりするんじゃないの？

なんで二日酔いの状態で道のど真ん中で倒れて牢屋に入れられて、しかも男と間違われてるわけ？

全然思ってた異世界ライフじゃない！

なんにもすることがないし、二日酔いだからひとまず寝よう。

置いてあった毛布を一瞥し、改めて使いたくないと思ったため、壁に寄りかかりながら体を丸めると、こんな環境だというのに私はすぐに眠りに落ちていった。


「――きろ。……起きろ！　おい！」

「へあっ？」

目が覚めると見張りの細いお兄さんはいなくなっていて、そのかわり、先ほど道で私を連行しろと命令していた男の人が格子の向こうで私を見下ろしていた。

その後ろに新たに二人の男性がいる。雰囲気からして話しかけてきているお兄さんの上司のようだった。

後ろの二人のうち、一人は青い髪に青い瞳をした綺麗な顔の人。

男の人だということはわかるのだが、ものすごく美人だ。細身ながらも逞しさを感じるのに体の線が美しく、妙に艶やかで婀娜《あだ》っぽい。

そしてもう一人に視線を向けたとき、恐らく人生で一番目を大きく開いた。

えっ！　うそ、ちょっ、ちょっと待って……。あ、あの黒髪緑目の人……めっっっちゃドタイプなんですけどーー!!


鍛えているというのがわかりすぎるぐらいの体の厚み！

着ている厚手の軍服がはちきれんばかりの大胸筋！

あんな破壊力しかない体なのに綺麗な肌！

艶やかな黒髪から覗く眼光鋭めな若草色の綺麗な瞳！

その体に見合う男らしい顔立ち！

頑健頑強を物語る肩幅の広さ！

上腕なんて私の太ももくらいあるのではないだろうか！

とにかくパーフェクトボディ！

パーフェクトフェイス！

パーフェクトガイ！

初めて見たときは前にいるお兄さんも逞しいと思ったけれど、爆裂イケメンお兄さんと比べたら可愛らしい体にしか見えない。

とにもかくにも顔も体もドタイプすぎて、二日酔いが一気に吹き飛んだ。

それまでまったく気にしていなかった居住まいを急いで正すため、寝起きでグシャグシャの髪を手ぐしで直してから立ち上がった。

「っ？　貴様の尋問をここでするから、質問には簡潔に答えろ」

急に意気揚々と立ち上がった私を胡乱な目で見て声をかけたのは、街で会ったお兄さんだ。

「はい！」

（爆裂イケメンが私を見てる！）

「まず名前を言え」

「小倉あゆみです！　家名がオグラで名前がアユミです！」

（腕を組んでるから雄っぱいがより盛り上がってる……エロ！）

「……変わった名前だな。年齢は」

「二十四です！」

（服がぱっつんぱっつんだ！　太ももすごい！　後ろ向いてくれないかなぁ。お尻見たい！）

「幼い顔してるがとっくに成人してんのか……。貴様はどこから来たんだ」

「日本です！」

（背もすごく高いな。一九〇以上ありそう。素敵！）

「ニホン？　聞いたことないな。小国か？」

「いえ！　恐らく異世界です！」

（あの溢れ出る男の色気を浴びたら私の枯渇してる女性ホルモンめっちゃ分泌されそう〜）

「異世界？」

「はい！　なので私、この世界のことはなんにもわかりません！　でも不思議と言葉は通じるみたいです！」

（詰め襟がピッチピチになるくらいの太い首……、かぶりつきたい！　いかん、思考が痴女になっちゃってる！）

すべての質問にやましい考えを持ちながらも元気よく答えられたが、私に質問してきたお兄さんは訝しげな表情で後ろの二人を振り返った。

するとそれまで黙っていた爆裂イケメンお兄さんが腕を組み、無表情なまま口を開いた。

「オグラ殿」

えぇぇぇ!?　声かっこよ！　なにそれ全部かっこいい！　イケメンすぎてもはや犯罪レベル！

「異世界から我が国に何用なんだ？」

「何用というか、気づいたらさっきの道に倒れてまして。どうしてこの世界に来たのかも、どうしてあそこにいたのかもわからないんです」

（やばい。格子越しに見るあの爆裂イケメンお兄さんがかっこよすぎて直視できない。もうその大胸筋しか見れない！）

「あの、私ずっとこのまま牢屋に入れられたままなんでしょうか？　皆さんに危害を加えたりはしない……というかそんなことできるわけないので解放してくれませんか？」

（あれは軍服で合ってるのかな？　いや、ラノベで見たような騎士服かな？　これが衣装萌えってやつか！　新たな扉が開いたわ！）

「それはまだできない。君が他国のスパイではないということを調べないといけないのだからな」

「スパイ!?　まさか！　ありえません！　あの、せめて場所を移してもらうことはできませんか？

ここ、トイレもお風呂もなくて、嫁入り前の娘としては我慢ならないものがあるのですが……」

そう言うと、その場にいる全員が時が止まったかのように固まった。

「え？　何？　この空気……」

「……お、お前、女なのか……？」

質問攻めしてきたお兄さんがひどく驚いた様子で言った。改めて思うが、失礼な奴だな。

爆裂イケメンお兄さんも、あまり態度に出してはいないが驚いている様子だ。ショック……。そんな男っぽいかな？　パンツスタイルのオフィスカジュアル着てるから？

いやでも生まれてこのかた男に間違われたことなんてないぞ。

「逆に聞きますけど男に見えます？　どう見ても女だと思うんですけど……」

「だって髪がみじけぇじゃねーか！　騎士でもねぇ女がそんな短いなんてありえねーぞ！」

「別に普通のショートカットですよ。女でもこのくらい普通です」

「何言ってんだ！　女は普通、髪はなげーもんだろうが！　女でそんな短くすんのは騎士を目指す奴だけだ！」

「ほら、さっき言ったように私、異世界の人間なので……」

なるほど。この世界の常識はそういうものなのか。

だからさっき道で声をかけてくれた赤髪の可愛い子も周りの女性達もあんなに髪が長かったのか。手入れ大変そう。

「オグラ殿、念のため今ここで、君が虚偽の発言をしていないかきちんと確認をとらせてほしい。

そうすればひとまずこのような場所からは早急に出すと約束する」

「確認……」

口の悪いお兄さんと比べて、爆裂イケメンお兄さんは口調がとても丁寧だ。

あんな武骨な男臭い体しておいて紳士とかギャップ萌えなんですけど。なんなの、この人。私のこと殺す気だよ。萌え殺しする気だよ！

……というか未だに私が男だって疑われてるってこと？　それに確認ってどうするんだろ？　ここで真っ裸になれってこと？　どう見ても女でしょうよ。服の上からでも胸あるし。

あっ、そっか！　胸を見せればいいのか。女の象徴でもある胸を見せればぐうの音も出ないだろう。もちろん恥ずかしい気持ちはあるけど、このまま疑われてここで過ごすよりは全然マシだな。

——ハッ！　ちょっと待て！　私、今下着どんなの着けてるっけ？

考えられるのは五パターンだ。
①勝負下着
②普通のブラ（ギリ人に見せられるやつ）
③カップ付きキャミ
④ノンワイヤーブラ（黒）
⑤ノンワイヤーブラ（ベージュ）
まず①ではないことはわかる。うん、勝負することないもん。

それなら②を希望したいところだけど自信ない……。でも万に一つ可能性はある。

胸周りに神経を集中させると③じゃない感じがする。とにかくブラジャーは確実に着けているだろう。

ということは可能性が高いのは④か⑤だ。そして一番いやなのは⑤だ。

チラッと確認したいけど、今着ているのは首元まで詰まったブラウスだから中が覗けない。

そもそも胸を見せるのはいいとして、ここにいる人全員に見せないとダメかな？　爆裂イケメンお兄さんだけがいいなぁ。あぁでも⑤だったらどうしよう！　こんなドタイプイケメンに初対面でベージュのブラなんて見せたら女としていろいろ終わる！　なんで毎日勝負下着にしないの私！　いつ勝負があるかわからないのよ！

「オグラ殿、ではこのまほ……」

「わかりました！　スパイじゃないって証明はどうしたらいいかわからないけど、とりあえず女だってことを証明します！　でも黒髪のお兄さんにだけ証明するということで許していただけますか……？」

爆裂イケメンお兄さんを見つめてそう伝えると、数秒沈黙が流れたが、少し警戒した様子で近づいてきた。そのかわりに口の悪いお兄さんが後ろへと下がった。

あ、爆裂イケメンお兄さんから微かに爽やかないい匂いする……。イケメンは匂いまでイケメンなのか？　ありがたい。

格子越しではあるが、近くまで来てもらうと上背の高さに圧倒された。

私はそこまで小柄というわけではないのに、それでも首が痛くなってしまうほどに背が高い。

「あの、できたら他の人には後ろを向いていただきたいのですが……」

「まぁ、いいだろう。――お前達、後ろを向け」

凛と張った声で発せられた力強い命令の直後、後ろの男二人が綺麗にくるっと反転した。

「言っておくが、この格子は魔力を打ち消す効果があるから、どのような攻撃をしても無駄だ」

「え、ここ魔法がある世界なんですか？　すごっ」

「……とにかく、まずは君なりに証明してみせてくれ」

「証明する前にちょっと私のほうで確認してもいいですか……？」

「確認とは？」

「え、いや、その……（下着の確認を……）」

「何か工作する気か？　無駄な抵抗は君のためにならんぞ」

くそぉ！　ダメ元で聞いてみたけどやっぱり下着の確認はできなかったかぁ。

よし、女は度胸！　ベージュがなんだ！　いけ！　私！

「い、いきますよ！　ほらっ!!」

勢いよくブラウスを胸上までガバッと上げた。

自ら考えたことなのに恥ずかしくて、強く目を瞑って早く終わるよう願う。

（⑤ベージュだけじゃないことを願う！　できたら②普通のブラでお願いします!!）

「…………」

間がすごい！　お願いだからなんか言って！　胸は結構あるから女であることは確実に証明でき

るはずなのになんで何も言ってくれないの⁉　あぁとにかく⑤じゃありませんように！　⑤だったら死ねる！　ベージュだけは！　ベージュだけは避けたい！

途方もないほど長く感じる時間だが、実際見せていたのはほんの僅かだろう。

爆裂イケメンお兄さんは一言「もういい」と言って私に背を向けた。虚しいような居た堪れないような思いになりながらいそいそと裾を下ろす。背を向けている爆裂イケメンお兄さんを見ると、苛立っているように頭をガシガシと掻いていた。

「団長？　いかがされましたか？」

後ろを向き続けている青髪のお兄さんが聞いてきた。

爆裂イケメンお兄さん、もとい団長さんは何故だか未だに彼らに前を向く命令を出さない。

「っ、ひとまずこの者は害がないと見做して俺の預かりとする。ベージル、後の虚偽鑑定はお前に任せる。俺は一度外す」

「はっ」

青い髪のお兄さんの返事を待たずに、爆裂イケメンお兄さんはスタスタと去って行ってしまった。

あ、呆けてしまって（恐らく）プリプリなお尻を見ることができなかった……

そして後々下着を確認したら④ノンワイヤー黒だった……死ねる。

その後、牢屋から出してもらい別室に連れて行かれた。そこで嘘発見機のような魔法具に触れながら先ほどと同じ質問に答え、見事私の容疑は晴れた。

初めからこれを用意してくれれば胸を見せなくて済んだのに、と思ったが、おいそれと使う道具ではないらしく、私が異世界から来たなんてトンデモ発言をしたために精神鑑定も兼ねて使うことにしたらしい。ひどい。

けど確かに急に「異世界から来ました」なんて言い出す奴がいたら、訝しむのも当然だろう。

私がここまで冷静なのは、異世界ものを読み漁っていたおかげだ。

兎にも角にも、私は頭がおかしい不審者でも、スパイでも、ましてや男でもないということが証明された。


そして、晴れて自由の身になった私はどうなったかというと――


「団長、この書類でお伺いしたいことがあるのですが、今よろしいでしょうか？」

「っ、あ、あぁ、ちょっと見せてくれ」

「ここなんですけど」

そう。私は爆裂イケメンお兄さんこと、ウィルフレッド＝バクストン黒騎士団長様の下で働くことになった。

職場が天国っっっ!!

元々事務として書類仕事をしていたため（といってもパソコンを使ってたけど）、ここでも同じような職に就けたのは本当にありがたい。

牢屋を出て自由の身となったはいいが、右も左もわからないまま外に出されるのも困ってしまう。そう思って職を紹介してほしいと厚かましくも言ったところ、なんとここを紹介してくれた。

仕事を始めてわかったが、どうやら異世界転移で授かった唯一のチート能力は、言葉も文字も問題がないことくらいのようだ。だけどこれって結構大事なことだからありがたい。

私が所属することとなった黒騎士団の団員さん達は、体を使う仕事は得意だが、頭を使ったり細かい作業は苦手なようで、その尻拭い的な感じで書類チェックをしたり、団長の秘書として仕事の手伝いをしたりすることになった。

ちなみに黒騎士団で女は私一人。まさかの紅一点。

だが職場の近くには女子寮もあり、そこの一室をもらえることになったため女友達もできた。

騎士団は黒以外にも複数あり、他騎士団には女性もいるため、ここで働く独身の女性ほとんどがその寮に住んでいると聞いたが、あまり部屋数は多くない。

騎士団というのはそれほど女性が少ない環境なのだ。


不安に思っていた異世界生活だが、かなり快適に暮らせている。

なにより私の唯一にして最推しの団長が近くにいる！　団長の執務室が私の職場！　常に団長が近くにいる！　推しと同じ空気吸えるだけで女性ホルモンがドバドバ状態だ！

何故ここまで順風満帆なのかというと、偏《ひとえ》に団長のおかげだ。

仕事が欲しいという私に「黒騎士団に来れば自分も面倒を見られるから互いに良いだろう」と言ってすぐさま執務室に私のデスクを用意してくれて、寮の受け入れ申請もいつの間にかやってくれていた。頭が上がらない。

私の推しはイケメンでいかつくてガチムチでめちゃくちゃ優しいのだ！

異世界転移、または転生といえばチート能力を持っているか、王子様やお貴族様からの溺愛生活が一般的なわけだけど、私には言語以外のチート能力はなく、それどころか魔法も使えない。

そして溺愛生活ならばもちろん騎士団長ルートを期待したいところなのだが、ここで大きな問題にぶち当たる。

と言うのも、この世界の美醜の決め方に問題があるのだ。

ここではロングヘアであればあるほど美人らしい。

もちろん髪の綺麗さも大事だが、とにかく長さが重要らしい。この女性は基本的に生まれてから、前髪以外は痛んだ毛先を整える時くらいしか髪を切らないのだそう。

そして私はというと、自慢の後頭部を活かした丸みのあるショートカットで、首すら半分ほどしか隠れていない。

傷んだらこまめに自分で切っているために髪自体は割と綺麗だが、この髪の短さの前にはそんなもの関係ない。

——兎にも角にも私はこの世界で言うと、とんでもない醜女ということだ。

それなら髪を伸ばそうかなと一瞬考えはしたが、自分の唯一自慢できるポイントを殺してしまうのも気が進まない。それにそんなにすぐに髪伸びるわけないし。

てなわけでチートも溺愛生活も潔く諦めて、私は団長の推し活に専念することにした。

目の保養どころか目の栄養ドリンクのような存在が近くにいる環境なんてなかなかない。

今日もガチムチ団長が息してる！

尊い！　幸せ！　生きる糧！　異世界最高！

――……だが、団長は基本優しいけど、私に対して微妙に距離があるように思う。

いつも私が近づくと顔が強張っていて、態度もどこかぎこちない。ここに置いてくれたのは他でもない団長だし、仕事をする上で美醜は関係ないけれど、やっぱり髪が短い女（＝ブス）が近くにいると気分が上がらないのだろう。

（すみません、団長。髪が短い女に慣れてください……）

さっきの団長のぎこちない態度を思い出しながら部屋の隅にある簡易なキッチンでお茶を淹れた。

「アワーバックさん、お茶どうぞ」

「ありがとうございます。アユミさん」

ベージル＝アワーバックさんは、あの時団長と牢屋に来ていた騎士の一人だ。

瞳も髪も青く、少し長い髪はいつも後ろで縛っていて、物腰柔らかな、とにかく美人という言葉が似合う男性だ。副団長兼団長補佐という立場の人で、団長と違って体は細身だが、その美麗さから女性に人気があると女子寮の子達から教えてもらった。

私としては男性に柔和さを求めていないためあまり食指が動かないが、いい人だから普通に好意を抱いている。

「団長もどうぞ」

「あぁ、ありがとう。アユミ君」

このアユミ君って呼ばれ方も好き！　もっと呼んで！

微笑みながら礼を言った後に、武骨な見た目にそぐわない綺麗な所作で私の淹れたお茶を飲んだ。

はわぁ……私が淹れたお茶が団長の体内に……！

顔のニヤけがおさまらず、急いで自席に戻ってお茶を飲むふりをしてカップで口元を隠した。

やっぱ異世界、最高っ!!


今日はアワーバックさんが非番のため、団長と二人きりでの業務の日。

アワーバックさんには申し訳ないけどテンション上がる!!

とはいっても仕事にも完全に慣れてしまって、教わるという名目で話しかけるということができなくなってしまった。うぅ、憶えが早い自分の優秀さが憎い……

そんなことを密かに思いながら、いつものように黙々と仕事を始めた。

静かな部屋に互いのペンが走る音だけが心地よく響く。

団長と二人きりでいると、話しかけたいとは思うけど、こうして無言でいることも気まずいとは思わない。むしろ執務に集中している団長を盗み見ることが私の密かな楽しみになっていた。

団長の姿を盗み見しつつ、集中して仕事をしていると、ふと自分の空腹に気がついた。

ここでは食事の時間は決まっておらず、好きなときに食堂へ行って食事ができるようになっている。

部屋に飾っている時計に目を向けると、お昼を少し過ぎた時間だった。

団長もまだ昼食を摂っていない。

ならば一緒に食事に行けるのでは⁉

「団長、お腹空きませんか？　よ、良かったら一緒に食堂へ行きませんか？」

「あぁもうこんな時間だったか。気遣いありがとう。だが俺は後で適当に済ますよ。アユミ君はゆっくり食べておいで」

「え、あ、そ、そうですか……」

断られてしまった……。結構ショックが大きい。

だがそう言われてしまったら従わざるをえない。

（あぁ……団長がモグモグしてるところを見たかった……モグモグ団長はまたの機会にするか……）

肩を落として食堂に向かおうとすると、団長が少し慌てた様子で声をかけてくれた。

「いや、やはり俺も今から食事にするとしよう！　休憩は大事だからな！　声をかけてくれてありがとうアユミ君」

「っ！　い、いえ！」

今の台詞が気遣いであることにはもちろん気づいている。だけどその優しさがまた嬉しい！

「そうだ！　団長のお仕事がまだお忙しいのならここで食べませんか⁉　テイクアウトもできるってこの間知ったんです！」

「あぁ、そうだな。そうしようか」

やったぁ！　団長と二人きりのまま一緒にご飯！　これはもはやデートでは⁉　職場デートでは⁉

「じゃあ私が食堂に行って団長の分も注文してきますよ！」

「いや、俺が食堂まで行くよ。アユミ君は何が食べたいんだ？」

「えっ、私が持ってきますよ。団長お忙しいですし」

「いや、食堂までの廊下は少し寒いのに距離もあるだろ。君はここにいなさい。食堂に行ってから食べたいものを決めたいのなら無理にとは言わないが」

「んぐっ」

な、なんなんだこの人……！

思わずときめきすぎて変な声出ちゃったじゃないか！

ガチムチマッチョなのに紳士とか、どれだけ私のポイントを稼ぐの！　もうこれ以上なく団長が私の中でダントツ一位なのに‼　二位も三位も団長なのに‼

本当は食堂まで団長と一緒に歩きたいなんてことも思ったのだが、ここは大人しく団長の優しさに甘えてしまおう。

「じゃあここで待ってます！」

「あぁ、そうしなさい。それで何か食べたいものはあるか？」

「ここの食事全部美味しいから悩んじゃうなぁ。あ！　団長のおすすめを食べたいです！」

団長が好きなものを把握するチャンス！　推しの好きなものはなんでも知りたい！

あ、でも全部おまかせするのは迷惑かな？「なんでもいい」が一番困るもんね。

「わかった。では見繕ってくるから君はお茶を淹れておいてくれるか？」

「はい！　わかりました！　ありがとうございます！」

全然困った様子も見せず、いつもの犯罪級にかっこいい笑みを私に向けてから部屋を出ていった。

ほんと団長ってイケメンガチムチ紳士だわ……


「このパニーニ美味しいです！　さすが団長おすすめですね！」

団長がセレクトしてくれたパンとスープとサラダが、執務室中央にあるローテーブルに所狭しと置かれている。

私は未だ一つ目のパンを頬張っているのに、団長はすでに三つ食べ終わっている。一口が大きくて格好いい！　でもモグモグしてるところは可愛い！　モグモグ団長かわいい!!

「気に入ってくれたようでよかったよ。今日は少し冷えるからスープも飲みなさい。器に保温魔法がかかっていて熱いだろうから気をつけて」

「はい！」

こういう細かい気遣いもできるのだ。この爆裂イケメンガチムチ団長様は！

はぁ、尊いとしか言えない自分の語彙力のなさが憎い!!

「アユミ君、ここでの生活や仕事には慣れたか？」

「だいぶ慣れました。団長もアワーバックさんもよくしてくださいますし、女子寮のみんなも優しくて楽しく過ごさせていただいています。まぁたまに変な目で見られますけどね」

「変な目とは？」

「ほら、私髪が短いから。なんか珍獣扱いされていまして」

「……それはどこのどいつだ？　黒騎士団員か？」

「違います違います！　それに別に変なことされてるとかじゃなくて、遠巻きに見られてるってだけなので被害はありません！」

「何かあったら遠慮せずすぐ俺に言ってくれ。異世界から一人来た君に、余計な気苦労はさせたくない」

「は、はいっ！」

団長が頼りがいありすぎて召されそう……

「君は……、元の世界に戻りたいとは思わないのか？」

「え？」

そういえば全然考えてなかった。

ラノベやら漫画やらの影響で異世界転移についてあっさり受け入れてしまっていたし、何よりここにはドタイプの最推しである団長がいるからな。元の世界に戻りたいと思う暇すらなく推し活ライフを満喫していた。

「あまり思いませんね。ここでの生活は楽しいですし、元の世界では辛くもないけど楽しくもないって感じの生活でしたから。帰る方法もわかりませんしね」

「そうか、そうだな……。こちらの生活が合っているようならよかったよ。とにかく何かあればすぐに相談してくれ」

「はいっ！」

は～～優しい本当に私の推しは優しいし格好いいしガチムチだし欠点がない！

帰る方法があったとしても、こんな身近に推しがいる生活を手放してまで元の世界になんて戻りたくない！

いくら私がこの世界ではとんでもないブスで珍獣扱いされているとしてもだ！

団長だってロングヘア（＝美人）が好きなんだろうけど、ブスの私にもこんなに優しく接してくれている。それは本当にありがたい。

だが正直言って、黒騎士団以外の人は態度があからさまだ。

珍獣扱いされて遠巻きに見られていると言ったことは本当だけど、多少なりとも嘲るような態度をされたり忌避される時もあったりする。

だけど私自身がそれを気にしていないので、団長には言わなくてもいいことだろう。ただでさえこんなによくしてもらっているし、ようやく団長のぎこちなかった態度がなくなってこうしてフランクに接してくれるようになったのに、余計な面倒をかけたくない。

以前のぎこちなさは、たぶん異世界人で新人の私にいろいろと気を遣ってくれていたか、人見知りしていたのだろう。可愛い！

団長が私を心配してくれていることが嬉しく、ニヤニヤしたままスープを飲んだら少しだけ舌を火傷した。


騎士団の女子寮はいわゆるシェアハウスのような感じだ。

個室にはシャワー室とトイレが備わっていて、あとは共用のキッチンとリビングダイニングが併設されている。といっても、ここで何か料理をすることも食べることもほとんどない。

職場にある食堂は早朝から夜中まで開いていて、朝昼晩とそこで食事を摂っている。ちなみに職員は無料だ。

そんな女子寮で一番仲が良いのが緑騎士団に所属している女騎士、ジーナだ。

黒騎士団は主に王都の警護をメインとしているが、緑騎士団は騎士といっても治癒系の魔法を得意としていて、女性騎士の大半がここに所属している。緑騎士団はさまざまな面でのサポートをメインとしていて、他騎士団に随行する出張も多い。

ジーナは薬学にも精通していて、緑騎士団の中でも特に優秀な人物だと女子寮の子から聞いた。

そして彼女は、まだまだこの世界のことを知らない私に対していろいろ世話を焼いてくれる。本当に頼りになる友達だ。

今日はジーナと休みが重なったため、街を案内してもらう予定だ。

短い髪は目立たせないほうがいいと言われ、あまり慣れない帽子を借りて被ることになった。

ジーナの髪も肩に僅かにつくほどしかなく、この世界の女性からするとかなり短いけど、騎士の証であるブローチを常に付けているから髪を晒しても問題はないらしい。

「じゃあまずはいろいろ見ていこうか。露店もあるから食べ歩きもできるし、気になるものがあったら言ってね。何か欲しいものはある？」

「んー何があるのか自体わからないからな。生活必需品は寮に常備されてるし。あ、でも服と下着欲しいな！　支給品のものって可愛くないもん」

「確かに。じゃあ服と下着は絶対見るとして、あとは気になった店に入るって感じにしようか。それにしても、せっかく田舎から王都まで来たのに、街を見てないなんてもったいないよ」

「あ、はは……なんか機会を逃しちゃって」

そう、私はド田舎から王都にやってきた、世間のことは何も知らない超田舎者ということになっている。

そしてその田舎では、髪が短いことは普通だったという設定だ。

私が異世界から来たというのは超機密事項だ。

知っているのは三人だけ。あの日牢屋にいた私の推しである団長、アワーバックさん、あとは私を坊主呼ばわりして牢屋に入れた、口も態度も悪いルークさんだ。

ルークさんは決して悪い人ではないのだが、会うたびに髪を伸ばせって言ってきたり、貶すようなことを言ってきたりするのが正直うざい。年も同じらしく、なんというか苦手な同級生って感じで未だに良い印象があんまりない。

そのため仕事以外ではなるべく接しないようにしようと決めている。


その後、ジーナと服や下着を見たり化粧品を買ったりと、私の私物を中心としていろいろと買い物をした。思ったよりもこの世界、というよりこの国はずいぶん栄えているらしい。

目に映るものすべてが可愛くて、先日もらった騎士団からの初給料でいろいろと買いすぎてしまったのは致し方あるまい。


「それでね！　この間一緒に執務室でお昼を一緒にしたの。働き初めのときはなんだか距離感あるなって思ってたんだけどやっぱり優しい！　廊下は寒いからって言って私の分の食事も持ってきてくれたの！　部下思いでしょ⁉　ほんと団長は優しくてかっこよくてかっこよくてかっこいいの‼」

大量に買い物をした後、休憩がてらのカフェに入ってゆっくりとお茶をしている。

女二人が腰を落ち着けたとなれば、話すことなど相場は決まっている。

といってもこれは恋バナではない。推しバナだ。

「アユミはほんとにバクストン卿が好きだね。確かに素敵な御方だと思うけれど、私はやっぱちょっと怖いな……」

「怖くなんかないよ！　まあ確かにかっこよすぎて近寄りがたいっていうのはわかるけど!!」

「いやそうじゃなくて……。私はアワーバック様のほうがいいと思うけどなぁ」

「アワーバックさんもいい人だし格好いいけど見た目が綺麗すぎるんだよね。私は男って感じの人が好き！　というか団長が好き！」

ふーん、と目の前のケーキにフォークを刺すジーナの眼差しからすると、本当に団長に興味がなさそうだ。

解せん。

黒騎士団は王宮騎士団の中で女性人気が格段に低い。

王宮騎士団は紫、赤、青、緑、黒と五つに色分けされている。黒を除いた騎士団はすべて『キャリア』と呼ばれていて、学士院《アカデミー》という日本で言うところの大学に通った者でなければ入れない、いわゆるエリートコースだ。

黒騎士団だけがアカデミーには通わなくとも入団できる『ノンキャリア』と呼ばれるところで、人数も一番多い。

ではどうしたらアカデミーに入れるかというと、簡単な話だ。

「多額の入学金を払うこと」――この一点のみ。

元々お金持ちであれば、将来的に高給取りの王宮騎士団に入れることは確実ということだ。

そりゃあ実家が金持ちで自身も高給取りな男なんてモテないわけがない。

かといって黒騎士団の給料も決して薄給というわけではない。だが他の騎士団と比べると見劣りする額なのだそう。

団長ももちろんノンキャリアとして黒騎士団に入団し、弛《たゆ》まぬ努力で今の地位に就いたと聞く。

黒騎士団とはいえ団長の地位ともなると、キャリア並の高給取りとなるらしい。

ちなみに団長は二十六歳という若さで騎士団長となり、現在は二十九歳。

こんなに若くして団長となったのは異例中の異例らしく、そのことからも団長がどれだけすごいかが窺える。

仮にノンキャリアでも魔力が抜群に高いと他の騎士団への入団や異動も可能らしいが、団長はそこまで魔力は高くなく、魔力に関してはアワーバックさんのほうが高いらしい。

完璧じゃないところが可愛い！

「というか好き好き言ってるけど、バクストン卿への気持ちって恋愛感情なの？」

「え？　いや違うよ。推しだよ」

「オシって何？」

「んーなんて言えばいいのかな。応援したり存在してくれることに感謝したりとか、かな？　ファンみたいなものだよ」

「ふーん、ファンねぇ……。じゃあもしバクストン卿が結婚したらアユミはどう思う？　というかもう結婚してるのかもしれないけど」

「団長が結婚……」

想像すると、なんだか胸の奥に重く苦いものが広がるような気持ちになった。

おかしいな。好きな芸能人が結婚してもむしろ幸せを喜べるほうだったんだけど。

あぁ、でも団長は身近にいる人だからこんな気持ちになるのも無理ないのかもしれない。

「寂しい……けど、それで団長が幸せになるなら私は祝福する……かな」

自分でもしっくりこない言葉を歯切れ悪く言った私をジーナは訝る表情で見てきた。それに少し気圧されたが、パッと視線を外して目の前にある残り一口分のケーキを口に放り込んだ。

ケーキの甘味が今感じた重い苦さを払拭してくれるのではないかと思ったが、思ったよりも拭えていない。

「ん～、自覚なしか。まぁこういうことは自分自身でわかってこそだしね」

「どういうこと？」

「ううん。もしアユミの気持ちが変わったら教えてね。それよりこの近くの露店見に行かない？安くて可愛いアクセサリー売ってるの」

「行く！」

向かった露店には、ジーナが言っていた通り、手頃な価格のアクセサリーが揃っていた。

帽子から見える短い髪に店主が若干眇めた目を向けてきたが気にせず眺めていると、仕事中に付けていても邪魔にならないような乳白色の飾りがついたイヤリングを見つけた。それが一目で気に入り購入した。

次の日、買ったイヤリングを付けて職場に行くと、団長もアワーバックさんもいなかった。

こういう日はよくある。鍛錬に集中する日だ。

そのためいつもよりもっと静かな執務室で業務していると、少し大きめのノック音が聞こえた。

「はい、どうぞ」

扉が開くと、私を坊主呼ばわりしたルークさんだった。

「よっ！　アユミ」

「お疲れ様です。どうかされました？　団長もアワーバックさんも今日は鍛錬の日でいませんけど。というかルークさんも鍛錬なんじゃ？」

「今は休憩中だ。お前が一人寂しくしてんだろうなって思って来てやった」

「ハハ……どうも」

私の空返事など耳に入っていないらしいルークさんは、執務室中央にある、先日団長と一緒にお昼を共にしたテーブルセットのソファにドカッと腰掛けた。手持ち無沙汰なのか、そのままキョロキョロと執務室を見渡している。

え、ほんとなんなんだろ……

仕事があるから別に寂しくないし、仮に寂しくても団長がいないのなら意味がないんだけど。

そもそも私はルークさんが苦手だ。

「えっと……、お茶でも淹れましょうか？」

「いや別にいい。それよりお前さ、なんでまだ髪伸ばしてねぇんだよ」

「はい？」

――まただ。この人は髪の話しかしない。

元々髪を自分で切っていたこともあって、今も散髪用のハサミでこまめにちょこちょこ切っていて、見た目に何も変化がないことをルークさんは言っているのだろう。

辟易するようなことを言われそうな気がするため、机に目線を戻して業務を続けた。

「短いほうが好きなんです。いろいろと楽だし。それに自分には今の髪型が合っていると思ってますので」

「んなことねえだろ。女は長いほうがいいぞ。そうだ！　今度俺がウィッグ店に連れてってやるよ！　最近のやつは地毛に見えるくらい精巧だぞ」

「いいですってば。私から言わせてもらえばここの女性はみんな髪が長すぎるんです」

街に行った時に改めて女性達を見たら、基本的に皆臍《へそ》下までの長さがあり、すごい人はふくらはぎまで艶々とした髪が伸びていた。

男性達はその女性を熱い眼差しで見ていたが、私もある意味目で追ってしまった。

そして私はというと、帽子を被っていたとはいえ首の下半分が見える髪型に、逆に皆の注目を浴びた。

思っていた通り私はとんでもないブスらしく、顔を顰《しか》めたり嘲る男性も多くいた。

街の人はショートカットの女性に慣れていないのか、騎士団の人よりも態度があからさまだ。

とはいえ、やはり私は何も気にしていない。私は推し活に生きると決めているのだ。

「せっかく可愛らしい顔してんのに、髪のせいで全部台無しになってんだぞ。男側のアドバイスしてやってんだから少しは聞き入れる姿勢も持てよ。性格まで可愛くねえな」

「ルークさんは私にそんなことを言うために貴重な休憩時間にここまで来られたんですか？　そろそろ鍛錬に戻られたほうがよいのでは？」

「――同意見だ。ルーク」

急に聞こえた内臓が震えるようなバリトンの声に、ずっと机に向けていた顔を上げると、扉の前に団長が腕を組んで不機嫌そうに立っていた。

初めて見る団長のいでたちに、目が釘付けになってしまった。

いつも見るかっちり決めた黒の騎士服ではなく、訓練用のグレーのシャツに黒のボトムスという簡易な恰好がよりムチムチの筋肉を引き立たせている。

大胸筋に内側から圧されてシャツのボタンがこれ以上無理！　と叫びを上げているかのように皺が横に伸びていて、もはやその皺すらエロい。

腕まくりしたシャツの下からはかぶりつきたいほど逞しい前腕が覗いていて、初めて見るその胸も生腕も私にとって垂涎もので、当然のように熱烈な視線を送った。

――お、雄っぱいが！　なんだあれは！　けしからん！　腕も私の何倍⁉　目に焼き付けねば！

「団長！　何故ここに⁉」

「それは俺の台詞だ。何故お前がここにいる。休憩はとっくに終わっているぞ」

「え！　すみません！　すぐ戻ります！　じゃあな、アユミ！」

「あ、はい……」

団長の体を目に焼き付けるのに忙しい私からのおざなりな返事を聞かずに、ルークさんは慌てた様子で出ていった。

二人きりになると、ハァと一つ息を吐いた団長が私に向かって少し申し訳なさそうに笑った。

「ルークが君の仕事の邪魔をして悪かったな。俺から後できつく言っておく」

「いえ全然！　私は仕事に集中してましたので！　差し支えなかったので！」

「そうか。君は本当によく仕事をしてくれて、いつも助かっているよ」

優し気な笑みのままコツコツと靴音を立てて団長が近づき、私の机の前に来ると爽やかな香りが広がった。

鍛錬中だからか髪が汗で少し濡れていて、近くで見ると首筋も前腕も汗で肌がしっとりと湿っているのがわかった。

――なっ、なんだこのムンムンな大人の男の色気は！　私の女性ホルモンがドバドバ出まくってる！　というか汗かいててこんな良い匂いってどういうこと⁉　いっぱい嗅いどこ！

不埒な思いがぐるぐると頭を駆け巡って動けないでいると、私の横髪がその大きな手によってスルリと耳にかけられた。

そして団長は今まで見たことのないような蠱惑的な表情を浮かべた。

「だ……んちょ……？」

「髪、顔にかかっていたから」

近すぎるその腕の筋肉も、浮き出た血管も、なんなら爽やかな匂いも、すべてが完璧だったのに私は団長の顔から視線を外せなかった。

「へっ……あ……はい……」

団長から放たれるあまりの色気に当てられて思考がままならないでいると、髪を耳にかけたまま離れていなかったその大きい手が遠のいた。

火照る顔を見られたくなくて思わず俯くと頭上でクスッと笑う音がして、それがさらに心臓を激しく動かす起爆剤となった。未だかつてないほど忙しなく動く自身の鼓動がうるさい。

「では俺も戻るとする。君は業務が終わったら、いつものように終業時間を待たずに帰っていいから」

「あっ、はい！」

そう言って団長はクルリと踵を返し扉まで戻っていった。

――と、思ったら。

「アユミ君」

「はいぃぃ！」

思わず立ち上がると椅子が後ろで勢いよく倒れた。

扉の前にいる団長は私の慌てた行動になのか、紅潮している顔になのか、またクスッと笑った。

「ここは男所帯だから一人でいる時は鍵をかけなさい。俺が出ていったらすぐかけてほしい。だからこっちにおいで」

「は、はい！」

急ぎ足で扉の前に行くと、団長がまた蠱惑的な笑みを浮かべて私を見下ろした。

「君は、少し無防備だな……」

「そ、そんなことはないと思いますけど……。それにここは危険な場所じゃないですし……」

「確かに少なくとも黒騎士の奴らに君を害するような者はいないが、今君がこの部屋に一人でいることを皆知っているから、何があるかわからない。か弱い女性でいる自覚をきちんと持ちなさい」

「はい……。でもほんとに大丈夫だと思います。ほら、この世界だとショートカットの私は不細工なので何かされるわけないですし……」

そう言うと、団長はさらに色気を増した笑みを向けて、落ち着いた心地良い声を私に落とした。

「君は可愛らしくて素敵な女性だ。だから安全のために鍵はかけてくれ。いいね？」

「っへ、あっ、……わ、わかりました」

「それと……」

じっくりと観察するような視線が、耳に付いている昨日買ったイヤリングに向けられていることに気づいた。

その視線に背筋が痺れるような感覚を覚え、触れられてなどいないのに何故だかピクッと体が跳ねた。

「可愛らしい耳飾りだが……、少し可愛すぎるな。ここでは付けないほうがいい」

「あ、すみません。アクセサリー付けてもいいって聞いていたので。あんまり派手じゃないからいいかなって思ったんですけど」

「そうだな。だが、……うん。やはり可愛すぎる」

なんだか自分が「可愛すぎる」って言われているようで気恥ずかしい。

違う違う。可愛すぎるのはイヤリングのほう！

思わずイヤリングを隠すように耳に手を当てると、団長がフッと小さな笑みを浮かべた。

「では俺は戻るから、俺が出ていったらすぐ戸締まりを頼むよ」

「はい！　鍛錬がんばってください！」

私の言葉に嬉しそうな微笑みを浮かべたあと、団長はパタンと扉を静かに閉めた。

言われた通り鍵を閉めて何故か足早に自席に戻り、倒れた椅子を元に戻してから深く腰掛けた。

未だズンドコズンドコうるさい心臓を落ち着かせるために大きく息を吐いたが、まったくおさまる気配がない。

なんだあの爆裂イケメンセクシーダイナマイトムキムキ男は！

心臓が！　もたない！

第二章

先日の団長の色香にものの見事に惑わされ、推しであるはずなのに観察ができなくなってしまった。

だってなんだか団長がキラキラして見える！　いや元々キラキラしているんだけど、なんかもっとキラキラというか花が舞っているというか……

とにかくかっこいい！　いや、団長はいつもかっこいいけど……、とにかくいつも以上にかっこいい！

私自身、自分がおかしいことを自覚しているが、心なしか団長もあの日から私への接し方が少しおかしく、またもや余所余所しくなった気がする。だが初めの頃のぎこちなさとはまた違う距離で、どうにも戸惑っている。

もしかして、私があの時団長の匂いを嗅いだり筋肉を凝視していたのがバレて、キモいって思われたのかな……そうだったら死ねる。

なんだかいろいろ考えすぎて少し頭が痛いし体も怠い。

食欲もないし、仕事が終わったら部屋に帰ってすぐに眠ろう……

「お疲れ様です……。お先に失礼いたします」

「あぁ、お疲れ」

「お疲れ様です。アユミさん」

ひとまず今日の分の仕事を終えて、二人に挨拶してそそくさと部屋に帰ってきた。

部屋に入ってトイレに駆け込むと、案の定月の障りだった。この世界に来て環境の変化からずっと来ていなかった反動なのか、重いものがズドンと来てしまった。

先日の団長の男の色香に、女性ホルモンがドバドバと分泌されて久々にやってきたのかもしれない。

ずっと来ていないことを気にしていたからよかったことはよかったけれど、それにしても重い……

元々生理が重めの私は元の世界でずっとピルを服用していたのだが、この世界にそういった薬があるのかいまいちわからない。

シートのようなものは、以前ジーナが教えてくれて数枚もらっていたからトイレに常備してある。魔法具らしいそれはどんなに動いても漏れることがなく、臭いや蒸れも気にしなくていいありがたいものなのだそう。

ただ、この腰の鈍痛と重怠さだけは薬を飲まなければどうにもならないだろう。だけどそんな薬は持っていない。ひとまず眠ってしまおう。

そう思って横になり、布団の中で体を丸めた。

あぁ頭も痛いし、気持ち悪い……――

「……っ、つ……ぅう」

――……痛みと吐き気で目が覚めた。

経験でわかる。吐いても気分は良くならない。それなら吐かないほうがいい。

重い頭でベッドの側に置いてある時計を見ると、まだ出勤するまで三時間ほどある。帰ってきて食事も摂らずにすぐに眠ったから、どうやら思ったよりもたくさん寝てしまったようだ。

食欲はまだないから、ひとまずシャワーを浴びて出勤する準備をしよう。

ここから執務室まで歩いて普段なら十五分ほどだが、いつものスピードでは歩けなそうだし、今日は少し早めに出たほうがよさそうだな。

医務室に寄ってから行こうかな、あぁでもあそこは遠いし先生が若い男の人だし、しかもショートカットの私のことを汚いものでも見るような目で睨んでくるんだよなぁ……

どうしよう、気が進まないな。

薬に精通しているジーナに相談したいけど、しばらく出張と言ってたから今はいない。まだ朝早いし、他の子は寝ているだろうから起こすのは申し訳ない。

ジーナに事前に相談して薬をもらっておかなかったことを後悔した。

男性に、ましてや団長に月の障りで仕事休みますなんて言いたくない。

日本にいたときも、勤めていた会社に生理休暇なんてものはなかったから薬を飲んで出社していたし、とにかく出勤しよう。

まだ始業にはかなり早い時間だけど、それならそれで自席に座って休んでいればいい。

のろのろと着替えて、体の様々な部位の鈍痛と怠さと吐き気を我慢しながら職場へと向かった。

蟻のような進みで向かったところ、勤務時間の二時間前に部屋を出たはずが、途中で休んだりしたために一時間ほどかかってしまった。

もらっている鍵で扉を開けようとすると、すでに開いていた。

「あれ？」

扉を開けてみると、少し驚いた顔の団長が自分の机で執務をしていた。

「アユミ君……？」

「団長、なんで……？」

「どうしたんだ？　まだ始業時間まで時間があるが」

「えっと、少し早く起きちゃって……。団長はなんでこんな早くに……？」

「俺は早めに処理しなければならない書類があってな」

「そうなんですね……」

どうしよう。自席で休もうと思ってたけど、団長がいる前で机で休んでたら気を遣わせてしまう。

体調悪いアピールはしたくない。それならやっぱり医務室まで行って薬をもらいにいこうかな。

ひとまず温かいものを飲もうと思い、奥にある簡易キッチンへと向かった。

「団長もお茶、飲まれますよね？」

返事をもらう前に、すでに団長用のカップを用意していた。

団長にはいつもの紅茶を用意して、自分の分はノンカフェインのハーブティーにしよう。

少し寒い中を時間をかけて歩いてきてしまったからなのか、痛みが強くなってきて脂汗が出てきた。

——あれ、目の前が暗く……


「アユミ君」


一瞬意識が遠のき、団長の低く艶やかな声でハッと気がつくと、いつの間にか肩を優しく抱かれながら素晴らしい胸筋に身を委ねて立っていた。

私の自慢の後頭部の辺りに、シャツの釦を飛ばそうとしているはち切れんばかりのあの大胸筋が硬いけど柔らかく存在していて、現金な私はそれでほんの少し気分がよくなった。

雄っぱいは生理痛すら軽減してくれるのか、やはり尊い……

「だんちょ……」

「大丈夫か？」

「え……、あっ、すみません！　寄りかかっちゃって」

ボーっとしていて思わず後頭部で大胸筋を堪能してしまった。急いで退こうとして、団長のほうに振り返りながら体を離した。だがその瞬間にまたもや目の前が暗くなり、膝に力が入らず、立っていることも難しくなってその場で座り込みかけてしまう。すかさず団長が抱き寄せてくれたので、ゆっくりと二人で地面に座りこむ体勢になった。

団長はそのまま私を引き寄せる手を緩めず、なんと雄っぱいの谷間に私の顔が完全にフィットした状態になってしまった。

――こ、これがシンデレラフィットというやつか⁉

あ、団長の良い匂いで少し吐き気治まってきたかも……。団長の匂いって空気清浄機だったの？　プラズマクラスターなの？　グングン吸っとこう！

「来たときから顔色が悪いとは思っていたが、立つこともままならないほどだったのか……。茶は俺が用意するから、君は少し休みなさい。隣に応接室があるからそこのソファで休むといい。立てるか？」

「は、はいっ……。あ、あの休まなくて大丈夫です！　ちょっと立ち眩みしただけで……」

「そんなに顔色も悪いし立ち眩みがする時点で大丈夫ではないだろ？」

未だ大胸筋の谷間に顔がフィットしながら上を向くと、団長の顔がとても近い。

あぅ、格好いい。

「昨日もあまり体調が良くなかっただろう。風邪か？」

「いや、違くて……本当に平気で……」

「アユミ君」

「っ」

団長の内臓に響く低い声は少し咎めているようなのに、私の子宮まで響いてきた。

ほんとこの人は私の女の部分を刺激するなぁ……と体中の痛みを覚えながらも間抜けなことを考えた。

「体調が悪いなら我慢せず言いなさい。仕事のことは気にしなくていい。立てるか？」

「ご、ごめんなさい……。立てるし、歩けます……」

自分のつまらない意地のせいで却って心配をかけてしまったことに気づき、反省した。

立ち眩みもおさまったため、団長に支えられながら応接室まで連れて行ってもらい、ソファにゆっくりと腰を下ろした。

団長は私が自席に置いているブランケットを持ってきてくれて、用意しかけていたハーブティーも淹れて持ってきてくれた。

団長が淹れてくれたお茶！　大切に味わおう！

だけど、ソファに腰掛けた私のことを団長が床に跪きながら心配そうに見つめてくるせいでドキドキしてしまって、うまくお茶が飲み込めないし味もよくわからない。

「ここで休んで、少し良くなったら医務室に行くといい。俺が付き添うし、その後は寮まで送ろう」

「はい……。あ、でも医務室は……」

「行きたくないのか？」

「いえ、その……医務室の先生から、あまり良く思われていないようで……」

「――っ」

団長から歯噛みしたようなギリッという音が僅かに聞こえたが、何かを吐き出すようにハアァ、と重い溜息を吐いた。

「……わかった。それならここで休んでから、体調が少し良くなったら部屋に帰りなさい。帰る時に声を掛けてくれれば寮の前まで送るから」

「はい……。ごめんなさい、団長……ご迷惑おかけしちゃって」

「迷惑だなんて思っていない。君のことが心配なだけだ。明日も休んでいいからゆっくり休みなさい。熱はあるのか？」

どうやら風邪だと思われているらしく、その武骨な大きい手の甲が私の首に触れて熱を確かめた。熱なんてないはずなのに、そうされたことでブワッと自分の熱が高まったように感じる。

――団長が首！　触ってる！　ベタついていたらどうしよう！　ベタベタして気持ち悪いって思われたらどうしよう！　……そうだったら死ねる。

「熱は……高くなさそうだが少し熱いな。慣れない環境で気を張っていて疲れが出たんだろう。君が優秀だからいろいろ仕事を任せてしまっていた。すまない……」

「いえ、そんなっ！　これは……」

「ひとまず休みなさい。お茶の残りはこのポットに用意しておいた。足りなくなったら遠慮なく言ってくれ。水分はこまめに摂るんだよ」

「はい……」

正直に生理痛とも言いたくなくて、申し訳ないけど団長が勘違いしているままにした。

お茶をカップの半分ほど飲み一息つくと、団長はカップをヒョイと取り上げて私をソファへと優しく押し倒し、横たわらせた。

「あ、あのっ……」

「少し眠るといい。ブランケット一枚で寒くないか？　俺の上着でよければ貸すが」

「っ！　あ、その……お借りしてもいい……ですか？」

団長の上着！　絶対借りたい！

「もちろんだ。洗ったばかりだが、もし臭うようならそのへんに捨て置いてくれ」

え、洗いたてなんだ……。残念……

脱ぎたてホヤホヤの団長の騎士服を借りて今着ている自分の騎士服の上から羽織ると、洗いたての洗剤の香りの中にもフワリと団長の匂いがして、キュウッと胸が苦しくなった。

臭いどころかいい匂いすぎてずっと嗅いでいたい！　そして上着がおっきい！　ブカブカ！

「団長の上着、いい匂いだしあったかいです……」

そう伝えると、ずっと固い表情だった団長が「あまり嗅がないでくれ……」と少し頬を赤くしながらも溶けたような笑みを浮かべた。

その貴重すぎる表情に私は無事召された。

推しの照れ顔、尊い！

お茶とブランケットと団長の上着のおかげで体が温まったからなのか、少しだけ楽になったように思う。それかさっきの大胸筋シンデレラフィットのおかげだろうか。はたまた上着から香る団長の匂いのおかげか。

「では俺は業務に戻るが、何かあれば隣にいるからすぐ言ってくれ」

「はい、わかりました。……あの、団長」

「ん？」

「ありがとうございます」

お礼を伝えると、フワリと微笑んで静かに応接室の扉を閉めた。

ほんとあの人なんであんなかっこよくて優しいの。

しかも照れ顔は召されるほど可愛いってどういうこと？　めっちゃ好き！

あの大胸筋に顔挟んじゃったんだよなぁ……。ごちそうさまです。団長の雄っぱい最高でした。

男の人が巨乳に顔を埋めたくなる気持ちが今叫びたいほどわかる。

とりあえず少し休んだら早めに部屋に帰らせてもらおう。ここに長居したら団長も気を遣っちゃうだろうし。

でも、なんだかドキドキがおさまらない……

団長がかっこよすぎるからかな？

昨日たくさん寝たからなのか、それともこの胸のドキドキのせいなのかまったく眠くなく、ムクッと起き上がってお茶に口をつけた。

今度こそ団長が淹れてくれたお茶をじっくりと味わえた。

始業時間が近づいたところで、隣の部屋で誰かが話している声が微かに聞こえた。

きっとアワーバックさんが出勤してきたのだろう。何故だか少し居心地の悪さを感じながら少し冷めたお茶にまた口をつけると、控えめなノック音が聞こえた。

「はい！」

「アユミさん、アワーバックです。入ってもよろしいですか？」

「ど、どうぞ！」

返事をすると、美麗な笑みを浮かべたアワーバックさんが優雅に入室してきた。

少し長い青い髪は今日も綺麗に輝いている。美人だ。

「団長からお伺いしましたよ。具合が悪いとか」

「はい、ご迷惑をおかけしてすみません……。大したことはないんです、休んでいれば治るので」

「……間違っていたら大変申し訳ないのですが、もしかして、具合が悪いのは女性特有のものだったりしますか？」

その声は小さく、隣の部屋には聞こえないようにという配慮があるものだった。

男性からそのように言われたことがなく言葉も出ないほど驚いてしまったが、女性のように綺麗なアワーバックさんに言われると嫌悪感がない。

控えめに頷くと、少し待っててくださいと言って一旦部屋を出てすぐに戻ってきた。

「これ、薬です。よければ使ってください」

粉薬のようなものを差し出され、思わず受け取ってしまった。

なんであなたが生理痛の薬持ってるんですか？　という疑問が全面に顔に出てしまったようで少し笑われた。

「補佐という仕事柄、いろいろな薬を常備しているんです。これ、女性が飲むとそれ用の薬ですが、男には整腸剤なんです。私の昔の知り合いにも辛そうな人がいたので、こっそりこの薬を渡していたんです。アユミさんもそうかなと思いまして」

「いただいてもいいんですか？」

「もちろん」

「昔の知り合い」と言ったが恐らく元カノさんだろうな。

人気あるらしいから元カノの一人や二人いますよね。まぁ深くツッコんだりしないけども。

「ありがとうございます。遠慮なくいただきますね」

「効果はすぐ出ると思いますが、今日は薬を飲んで帰られたほうがよろしいかと。団長も心配してますので、必ず帰る際は団長に送ってもらってください」

「団長からもそう言ってもらったんですけど、仕事の邪魔になりませんかね？　今日早く出勤するほど忙しいみたいなのに……」

「団長はアユミさんを本当に心配してるので、一人で帰ったり業務に戻ったりしたほうが仕事に身が入らなくなると思いますよ？」

「まさか団長に限ってそんな……」

確かに団長はかなり部下思いだと思うけど、だからといって仕事に手がつかないなんてほどではないだろう。

だけどアワーバックさんは、私の言葉を否定も肯定もせずにっこりと笑むだけだった。うん、美人だ。

「では、帰れそうになったら必ず団長を呼んでくださいね」

「はい……」

アワーバックさんが静かに退室した後、薬を飲んだ。すると五分も経たない内に体の至るところの痛みが薄れていった。怠さは少し残っているが、すごい効き目だ。

問題なく歩けるようになったため、執務室への扉を恐る恐る開くと、団長がすぐに私に気づいて勢いよく立ち上がり一瞬にして近づいてきた。

「大丈夫か？　アユミ君」

「はい。ご心配とご迷惑をおかけしました……。さっきアワーバックさんから薬をいただいて、そのおかげでだいぶ良くなったので、今日はこのまま失礼しようと思います。それで、その……本当に団長が寮まで送ってくださるんでしょうか……？」

「あぁ。俺が責任持って寮まで送ろう。ベージル、俺は暫し席を外す」

「かしこまりました。アユミさん、お大事になさってくださいね」

「はい、本当にありがとうございました」

やたらと笑顔のアワーバックさんに深々と頭を下げてから、団長と共に執務室を出た。

団長の上着を借りたままの状態で、寮までの道を甲斐甲斐しく支えられながら送ってもらっているこの状況は、私の卓越している妄想力が生み出した白昼夢なのだろうか……？

団長の手は風から守るように私の肩を抱き、もう片方の手には私の手を置かせて、ゆっくりゆっくりと歩いている。

途中何人かの人とすれ違ったが、皆驚いたように目を丸くしていた。

そりゃそうか。とんでもない醜女が爆裂イケメン団長にこんなに丁寧にエスコートされているんだから。

何が言いたいかわかっていますよ皆さん。

これはね、団長の優しさなんですよ。

この人こんなイケメンでガチムチでいい匂いがして色気もムンムンなのに、ブスな私にもこんなに優しい人なんですよ。

すごいですよね。惚れますよね。わかるわかる。

正直に言うと、こんなにゆっくり歩かなくても薬のおかげで普通に歩けるくらいにはなっているのだが、私自身少しでも長い時間団長とくっついていたいためにこのスピードに甘んじている。

それにしてもこの体勢、団長の体にスッポリ包まれているように感じてドキドキしてしまう。

すぐ後ろにさっき顔を埋めたガチムチ大胸筋があるかと思うと、それだけで体の怠さも吹き飛びそう！

「アユミ君、辛くないか？　もしよければ俺が抱きかかえるが……」

「抱きっ!?　だ、大丈夫です！　歩けますから！」

「っ、……すまない。今のはセクハラだったな……」

「えっ!?　セクハラ!?　いやいやいやいやいやいやいや！　そんなことないです！」

力強く否定したのに団長はどんどん顔を俯かせ、私の肩を抱いていた手がスッと離された。

急に私を囲む団長の体が離れて肌寒い。

「団長……？」

「君に謝りたいことがあるんだ。その……、この間はセクハラをしてしまって本当にすまなかった」

「へ？　セクハラ……？」

セクハラってされたっけ？　むしろ私が常日頃団長を視姦して逆セクハラしまくっているんだけど……

あ、もしかしてこの間の私の女性ホルモンを出しまくってくれた行動のことかな？

確かに団長の色香にやられすぎて心臓痛かったし、女性ホルモン出すぎてこうして生理痛に苦しんでいるけど、生理が来ていなかったからむしろお礼を言いたいくらいだけど……

「俺のような男に触れられて恐ろしかったろ？　今も嫌な思いをしているかもしれないが、これは具合の悪い君のためだと思って我慢してほしい」

「えっ、嫌？　我慢？　何を言って……」

「もし君が俺から離れたいのなら異動を俺のほうで申請しておく」

「異動!?」

「今は具合も悪いからいろいろ考えることも難しいと思うし、俺に言い辛かったらベージルに伝えてくれ。……だが君に抜けられるのは、俺にとっても大きな痛手なんだ。できることなら今のまま俺の側で勤めてほしいと思っている」

「え？　ちょっ、ちょっと待ってください！　私、異動なんて嫌なんですけど！」

異動が命令なら仕方なく応じるけど、私から異動をしたいなんて言うわけがない。

仕事にだってやっと慣れてきたし、黒騎士団の人達は皆優しいし、何より団長の推し活のおかげで毎日楽しいのに異動なんてしたらそれができなくなってしまうじゃないか！　団長の側にいられるというのに自らそれを手放すなんてありえない！　絶対嫌！　断固拒否！

「私、団長にならされて嫌なことなんてありませんよ！　今もこうして支えてくださるのもすごく嬉しいです！　それに団長のこと恐ろしいなんて思ったことないですし、できることならずっと団長のお側で仕事したいって思ってます！」

「……それは本当か？」

「はい！　ほんとのほんとです！」

「本当に俺にされて嫌なことはないと……？」

「はい！　こうして部屋まで送ってもらえるのもすっごく嬉しいです！」

絶対に異動をしたくないという気持ちで、まだ残っている痛みと怠さも忘れて団長に前のめりで伝えると、団長が妖艶な笑みを浮かべながらまた私を抱き寄せた。

「っ!?」

先ほどは肩を抱かれていたが今度は腰を抱かれたことに驚いて、距離が近くなった団長を見上げると、僅かに頬を赤らめた嬉しそうな笑みを浮かべていた。

距離が離れて寒く感じていたが、今はまた団長がくっついているおかげで寒くない。むしろ体の内側から発せられる熱で暑いほどだ。

「この距離でも、問題ないか？」

「う、ぁっ……、はい……」

問題ない。まったく問題ない。――いや！　問題大アリだ！

だって近い！　さっきより近い！　それに腰!!

さっきの距離は本当にただエスコートするための距離だったけど、なんか今の距離は恋人のような、そんな近さだ。

あ、上着からじゃなくて直接団長の匂いがする！　嗅がなきゃ！　クンクン……じゃなくて！どうしよう！　ただでさえ逆セクハラしまくってる痴女一歩手前なのに、これはもう完全に痴女かもしれない！

あ～～でもほんとにいい匂いだし体が大きいの素敵だし、体の怠さ以上に動悸が辛い！

「先ほどよりも顔色が良くなったな。安心した」

いえそれは違う意味で顔にとんでもなく血が巡っているからかと……とは言えない。

「く、薬がだいぶ効いたみたいで。こんな大層にエスコートしていただかなくても、というより送っていただかなくても全然平気なんですけどね。……団長のお仕事の邪魔をしてしまって本当に申し訳ないです」

「俺がこうしたいだけだ。もちろん君が嫌がるのなら無理強いはしないが」

「嫌がるなんて！　ほんとに嬉しいんですけど、恐れ多いというか……」

「そうか。嬉しく思ってくれているのならよかった。恐れ多いなんて思わず何か困ったことや聞きたいことがあればすぐに俺を頼ってほしい。いいね？」

「わ、わかりました……」

私が了承したことに満悦したように微笑みながら、団長が私の頭を優しく撫でてくれた。

――……こっ、これは頭なでなで!!

私の唯一の自慢箇所を！　団長が触ってる！

……うわぁぁ、気持ちいい。

そういえば前の世界にいたときに大して仲良くない男友達に頭を撫でられたことがあったけど、一瞬で鳥肌が立ったな。あれは本当に気持ち悪かった。

なのに団長には全然そんな風に思わない。むしろもっと撫でてほしい。

まあ極上の男である私の最推しとその男を比べるなんて団長にあまりに申し訳ないけども、それにしたってまったく同じことをされているのにここまで違うだなんて不思議だ。

「これもされて嫌ではないか？」

妖艶極まりない笑みを浮かべたまま私のことを見下ろす団長からは、今まで感じなかった甘やかさがあるような……？　いやそれは私がこんな浮ついた気持ちになっているからそう見えるのかもしれない。

「ぜ、全然……まったく……これっぽっちも……いやじゃないです……」

「そうか。それならよかった」


気後れするような甘い雰囲気を出しながら団長は私を寮まで送ってくれた。

明日も休んでいいとのことなのでそれにも甘えさせてもらうことにした。今日明日休めば痛みも怠さも問題なくなるだろう。

礼を伝えて自室に戻り、すぐさま着替えてベッドにもぐり込んだ。

送ってもらっている間、本当に私の心臓は踊りっぱなしだった。今も思い返すだけで身悶えてしまう。

なんだあの爆裂イケメンフェロモン爆発ガチムチ男は!!

あんなの私を殺しにかかってる!! 動悸で死ぬ!!

なんかエスコートもすべてが手慣れているというかなんというか。あれ絶対女慣れしてる! 女誑《たら》しだ! 女性ホルモン製造機だ! だって私女性ホルモン出まくってるもん! ありがとうございます!

……ってふざけたこと思ってる場合じゃない。

でも本当に団長って女慣れしてる気がする。

彼女とかいるのかな……というか結婚しているのかも。

いくら黒騎士団はモテないって言ってもそれは王宮騎士団の中の話で、基本的に騎士はモテるらしい。

しかも団長という地位で、あの顔と体躯でモテないわけない。アワーバックさんだって元カノいたっぽいこと言ってたし、団長だってきっと可愛いスーパーロングヘアの彼女か奥さんがいるに違いない。

……いるよね。うん、たぶん、いや絶対いる。

あんな爆裂イケメンで優しい紳士的な人に彼女や奥さんがいないわけない。

うん、わかってるわかってる。……わかってる。

——そう考えて、ハッキリと自覚した。

私は団長のことが推しという意味じゃなくて、男性として好きなのだと……

◇

最近、自分の執務室に入るといつも良い匂いがする。

別に花を生けたりなど特別なことはしていない。なのにふと部屋に入るといつもの男臭さの中に甘い香りがする。

その理由は歴然だ。

異世界から来たという彼女だ。

そして彼女が来てから、俺は少しおかしくなってしまった。


――端的に言うと、ムラムラする。


きっかけは牢屋で見た彼女の体だ。

黒のシンプルな下着に覆われた彼女の痩躯に似つかわしくない豊満な胸に、正直なところかなり驚いた。

初見では「女のように細い少年」と思ったのに、年齢を聞いたことも相俟って、短い髪の彼女は俺の中で強烈に「女」として印象づいた。

思わず見てしまった（というよりも見せられた）その艶めかしさに自身の雄の部分が容易く起き上がったことを早々に自覚して密かに驚愕し、急いでベージルに後を任せてその場を立ち去ってしまった。

そしてさらに、一緒に仕事をするようになってから、彼女のある部分が俺を煽り続けてきて――彼女に対してぎこちない失礼な態度をとってしまっていた。

そのある部分というのは、彼女の「耳」だ。

他の女性のものは普段長い髪に隠れてあまり見ることはないが、まったく見たことがないわけではないその部位。

他の女性の耳を見ても何も思わないのに、性器でもないソコが彼女の短い髪からチラチラと覗くと、どうにも自分自身が熱《いき》り立ってしまいそうになる。

弁明するが、俺は別に性欲が特段強いわけではない。

もちろん性欲がないとか弱いわけではないが、職務中、ときには下着姿の娼婦とも接することもある。それでも勃ったことなど今まで一度だってないというのに。

元々体格が良すぎるためなのか、それとも愛想良くできない顔立ちと性格のためなのか、はたまたそれらすべてが原因なのか、俺は女性から敬遠されがちで、騎士となり今のような体格となってからは恋人というものができる気配すらなかった。

だが人並みに女性と関係を持ったこともあるし、最近は忙しいこともあってまったく行ってはいないが、騎士団専用の娼館だって利用したこともある。彼女達は臍下《へそ》まである長い髪を艶めかしく靡《なび》かせ妖艶に男を誘っていたが、俺はその痴態に興奮するというよりも単純な生理現象として性欲を処理していた。

人よりかなり持続する性欲と溜まった精をただただ吐き出すだけ吐き出して、疲労困憊となっている女性を放り、心ばかり多めのチップを置いてさっさと帰っていた。

だから女性にはあまり興味がなく、恋愛にも、ましてや結婚にも興味がなかった。……こんな男の妻になる女性が可哀想だ。

それなのにアユミ君を見るだけで胸が高鳴るし、彼女の耳を見るだけで熱《いき》り立ちそうになる自分に驚きを隠せない。

確かに彼女のあの豊満な胸や白皙《はくせき》ももちろん魅力的なのだが、俺は彼女の短い髪越しに見える薄い耳殻、その奥にある小さい耳穴に堪らないほどの情欲を抱いてしまう。

長い髪をよしとしている世の中だ。

自分ももちろんそれを当たり前だと思っていた。

黒騎士団にはいないが、他騎士団には女性騎士がおり、髪の短い女性と接したことだってある。

だがこんな気持ちになったことがない。

——彼女だけだ。

彼女の耳だけが、彼女だけが、こんなにも自分を翻弄することにずっと戸惑っていた。


彼女を牢屋から出したのは、なんら画策めいたものを感じなかったからだし、実際に尋問の魔法具を使用すると嘘もついていなかったと報告があった。

異世界から来て右も左もわからないという彼女が仕事が欲しいと言った際、これ幸いと自分の目が届く処に置いた時点で俺はどうかしていたのかもしれない。

いざ側に置いてみると彼女はとても優秀な人物で、それに加えて職務を摯実《しじつ》に行ってくれる様には単純に好感が持てる。

仕事に忙殺され色味のない日々を送っていたが、それに不満を覚えることなどなかった。だが彼女が現れ、自分に色鮮やかな日々を持たせてくれた。

それは俺の心を溶かすように癒してくれ、業務においても彼女を騎士団に置いたことは価値あるものと思えた。

彼女にはこのままずっとこの世界で、俺の側にいてほしい。――そう思うことにさして時間はかからなかった。

だから彼女が先日「元の世界に帰りたいと思っていない」と言ってくれたとき、体の力が全て抜けるのではないかと思うほどに安堵し、同時に雄叫びをあげたくなるほどに歓喜した。

彼女から可愛らしい声で「団長」と呼ばれると、どんなに忙しくしていても彼女のほうを向いてしまう。

彼女が少しでも困っていたら一番に俺が助けになりたい。

ふとした休憩時に香ってくるお茶の香りと簡易キッチンに立つ彼女の姿にホッと息をつけるし、「どうぞ」と優しく声をかけながら向けてくれる可愛らしい笑顔に癒やされ、その丸く柔らかそうな頬に触れたくなってしまう。

彼女の耳を見ると欲は昂《たか》まるが、彼女が側にいるだけでこんなにも心が安らいで癒やされる――

――それなのに、俺は彼女にとんでもないセクハラをしてしまった……

ルークが休憩時間が終わっても戻らず、執務室に行ったと聞き連れ戻しに行ってみると、扉の向こうで男女が話している声が聞こえた。

『せっかく可愛らしい顔してんのに、髪のせいで台無しになってんだぞ。せっかく男側のアドバイスしてやってんだから少しは聞き入れる姿勢も持てよ。性格まで可愛くねえな』

そのルークの言葉にひどく苛立った。

――彼女を可愛いと言ったことも、彼女を可愛くないと言ったことも……

ルークを早々に退室させ、仕事の邪魔をしたことを謝るために彼女に目線を向けた瞬間、瞠目した。

日頃、俺の情欲を際限なく掻き立てるその耳に――可愛らしいイヤリングをつけていたのだ。

それを見て、心臓が痛くなるほどにけたたましく踊り始めた。

か、可愛い。

ただでさえ俺を掻き立ててくる彼女の可愛い耳に可愛らしいイヤリングが……

ルークもこの姿を見たのか……？

あの可愛らしい耳を飾った可愛い彼女を見たのか……？

俺よりも先に……

そう思った瞬間、腹の奥に鉛を打たれたような怒りが湧いた。

常々思っているが、彼女自身も彼女の耳も可愛すぎではないだろうか。

それなのに、いつも髪をかけてあの可愛すぎる耳を晒しているだなんて無防備すぎる。

いや、その無防備さも可愛いのだが、それは俺の前だけであってほしい。

とにかく（アユミ君の場合に限るが）耳を晒すということは胸を全開にしているのと同義だ。女性の胸は隠さねばならないのと同様に、彼女には胸当てならぬ耳当てをしてほしい。彼女の耳が他の者の目に晒されていると思うと気が気でない。不埒な輩が彼女の耳を見て俺のような情欲を抱き、彼女に危害を加えるやもしれない。俺だってギリギリで彼女に無体を働かないようにしているのだ。俺よりも理性が弱い奴が彼女のあの可愛い耳を見たら一溜りもないだろう。……いや、しかしそうすると俺も彼女の耳が見られなくなってしまうか。彼女の耳が見られなくなるのは少々……いや、かなり辛い。

飾られた彼女の耳をもっと見たいと無意識に強く思っていたのか、気がつくと俺は彼女の短い髪をその可愛い耳にかけていた。

「だ……んちょ……？」

俺の行動に驚いて顔を紅くしながら俯く彼女の反応がこれまたなんとも可愛らしくて、思わず口角を上げながらフッと息を漏らした。すると彼女が俺の様子を窺うように目線を向けてきた。

彼女とは何故かいつも目線があまり合わず、俺の胸元ばかり見られているように思っていたが、今はしっかりと目が合い、彼女のダークブラウンの瞳がキラキラと光っているのがよく見えて、さらに笑みを深くした。

だが自分が今鍛錬中で汗をかいていることに気づき、土埃や汗の臭いを自覚してすぐに手を引っ込めた。

このままここにいては自分が彼女に何をするかわからない。それに汗臭い自分といるのは彼女も嫌だろうと思い、すぐさま退室しようとした。

だがもう一度だけどうしてもそのイヤリングが飾ってある耳を見たくて扉の前で立ち止まり、それらしい理由を言って彼女を呼び寄せた。

彼女を呼ばずともこの部屋の鍵はいつも持ち歩いているから一人で施錠できるにもかかわらず。

アユミ君が俺の言う通りにトコトコと近づき正面に立つと、彼女の小ささや細さに心配と庇護欲が湧き出てくる。

身長差のせいで彼女の旋毛《つむじ》が見えて、もはやそれすら可愛らしい。

見慣れているはずの黒騎士服も、彼女が着ているというだけで特別に見える。

クリクリとした大きな瞳が俺を見上げていることにこみ上げるような思いになって、その細い体をかき抱きたい衝動に駆られた。

だがやはりイヤリングが飾られた彼女の耳に一番目が行ってしまう。

――……あぁ、本当に可愛らしいな……。

密かにそう思っていると、俺の視線が耳に行きすぎてしまったのか、触れてもいないのに彼女の体が小さくピクッと動いた。

だがその反応もいじらしい。

髪が短い彼女を恋愛対象として見る者はいないと思っていたが、今日のルークの反応からするとうかうかしていられない。

やはり彼女の可愛さは髪の短さぐらいでは隠せないのだろう。

こう思う時点で俺は、今目の前で顔を赤らめている彼女のことが……

可愛すぎるからイヤリングは今後つけないほうがいいと伝えて扉を閉めると、言いつけ通りすぐに施錠された音がした。

足早に歩きながら今のやり取りを思い返し、自分がとんでもないセクハラをしてしまったのではないかと思いピタリと足を止めた。

アユミ君のあまりの可愛らしさに自分を抑えることができなかった……。彼女は俺の部下なのだから嫌でも抵抗できなかっただろう。

顔を赤らめていたように思ったのは泣きそうなのを我慢していて、耳を見つめていたとき肩が揺れたのは俺への嫌悪か恐怖からだったのかもしれない。

「やってしまった……」

思わず頭を抱えながら呟いた。

もし今回のことで彼女が俺を嫌悪して部署替えを希望してしまったら……

まだ出会って長い月日が経ったとは決して言えないというのに、彼女がいなかった時のことをもう思い出せない。仕事の面にしても、自分の思いにしても……

本当はあのまま強く抱き寄せ、彼女の小さな耳を見つめながら耳殻と耳の襞《ひだ》をなぞって、あの小さな穴に指を入れたかった。

それからそっと、でもねっとりと耳殻を舐めながら耳の裏を擦り、耳丘を擦って、耳朶を食んでほんの少し歯を立てて、そして俺の唾液に濡れた小さな耳をじっくり見つめてから、ゆっくりと小さな穴に舌を……

——その時彼女はどのような反応をするだろうか……

「クソッ……」

雑念と焦燥と僅かに灯った淫欲を払拭すべく、その後の鍛錬ではより一層の気合を入れたために、気がつくと俺の周りには倒れ込んだ屍達が広がっていた。

第三章

無事に辛かった生理痛も乗り越え、もちろん異動などせずに変わらず職務を続けている。

出張から帰ってきたジーナに相談して、今後は生理痛の薬を定期的に買い取ることにした。

この薬はピルのように常時服用はしなくてもいいらしい。

体調に関しては万事解決したが、気持ちがソワソワと落ち着かない日々だ。

なんせ私は団長のことが好きになってしまったのだから。

もちろんあわよくばお付き合いをしたいと画策している私なのだが、ここでぶち当たるのがやはり美醜の問題だ。

ショートカットの私にはあまりに負け試合すぎる。

ここは流れにまかせて髪を伸ばすことを考えるべきだろうか……

でも臍《へそ》下、ましてやふくらはぎまで伸ばすだなんて何年かかるかわからない。

髪が伸びるまでと悠長に構えていたら、もし団長に彼女がいたら結婚しちゃう！　結婚してたとしたら子どもが生まれる！　仮に今は彼女がいなかったとしても絶対彼女ができてしまう！

そもそも団長にアタックするにあたって、まず団長に特定の女性がいるかどうかを確かめねばなるまい。

もし彼女や奥さんがいるのなら、私が団長の周りを仕事以外でウロチョロしているのは失礼極まりないだろう。だがこの世界には結婚指輪の文化がなく、既婚者だと周囲に知らせる手段がないためこっそりそれを把握する術がない。

だけど上司であり、ましてや好きな人に「彼女いるの？」なんて気軽に聞けるほど私は図太くも不躾でもない。

髪を伸ばす伸ばさない問題は一旦置いて、まずは団長に彼女または奥さんがいるかを確認しよう！

でもどうやって確認すればいいんだろう……

「――ってことでどうすればいいと思う？」

相談相手はもちろん、いろいろな方面で頼りになるジーナだ。

「ついこの間、アユミとバクストン卿が仲良く寄り添って歩いているのを見たって同僚から聞いたんだけど。てっきり私が出張中に恋仲になったのかと思ったのに、違うの？」

あぁ……確かに結構いろんな人に見られていたもんなぁ……

やましいことはもちろんないが、少し恥ずかしいな。

「違う違う！　あれは体調不良の私を気遣って寮まで送ってくれただけだよ。寄り添わないと私が倒れると思って支えてくれたの。だから全然そういう関係じゃないんだ」

「そもそもバクストン卿が誰かを送ったり寄り添ったりすること自体、私が知る限り初めてだけど」

「それは黒騎士団に私以外の女性がいないからじゃない？　男同士で寄り添ったりしないでしょ」

「ん～……、でも周りからは恋仲に見えたってことは相当だと思うけどね。バクストン卿ってあんまり表情変わらないのにアユミを見る目は全然違うって聞くし。その同僚以外もバクストン卿のあんな顔見て驚いたって言ってたよ」

「それはさっきも言ったけど、私が黒騎士団で唯一の女だからだと思うよ。ほら、私いろいろ世間知らずだから団長が世話を焼いてくれてて……。それに周りの人が驚いてたのは、超かっこいい団長と騎士じゃないのにショートカットの私が寄り添ってたからでしょ」

「ん～、そうなのかなぁ……」

「ねぇ、ほんとに団長に彼女か奥さんがいるか知らないの？」

ジーナは頭を振って知らないとアピールをした。なんで王宮騎士団の団長の一角を占める立場にあられる方の結婚の有無すら知らないのだ。

それを聞くと、騎士団同士はあまり仲が良いと言えず必要以上に関わらないし、所属騎士のプライベートな情報は他騎士団に入らないように徹底しているそうなのだ。

貴族出身の騎士ならいざ知らず、団長は爵位こそあれど一代限りの騎士爵なため、結婚せずとも問題ないらしい。つまりは団長の妻や恋人の有無など、周囲にとっては興味のない情報なのだ。

「単純にバクストン卿に聞けばいいんじゃない？」

「それができたら苦労しないよぉ！　職場の上司に何の脈絡もなくそんなこと聞けない……。それに好きな人に直接聞くのをためらう気持ち、わかるでしょ？」

「まぁわからなくはないよ。じゃあアワーバック様に聞くのは？　バクストン卿がいない時にこっそり聞けばいいよ」

「それだとアワーバックさんに私の気持ちバレちゃうじゃん」

「たぶんもうバレてると思うよ」

「まさかぁ、私そこまであからさまじゃないよ」

「いや、あからさまだよ」

それは私も考えはしたけど、同じ部屋で仕事する一人がもう一人のことを好きになるって、アワーバックさんの立場からしたら恋愛せずに仕事しろよ、って思う気がする。狭い空間でピンクの空気出されたら私だって辟易するし。

「じゃあアワーバック様以外の黒騎士団の人に聞くのが手っ取り早いかもね。自分が所属する団のトップの人が結婚してるかどうかくらいは知ってるでしょ」

「なるほど。他の人か……。ルークさんなら知ってるかな？」

「ルーク？　あぁ、あのバクストン卿に心服してる人か。確かにあの人なら確実に知ってるだろうね」

自分から提案しておいてなんだが、ルークさんに聞くのはあまり気乗りしない。

第一印象もそうだし、何かと髪伸ばせってことしか言ってこないから苦手だ。悪い人じゃないってことはわかってるけども。

まぁ同じ騎士団の中で働いているのだし、いつかは話す機会もあるだろう。次会ったときに聞いてみよう。

――と、思っていたのに……

「アユミ！　これなんてお前に似合うんじゃねーか!?」

何故だかルークさんと二人で街に来ています……

――時は少し遡る。

先日の女性ホルモン大量放出の日から会うことがなかったルークさんに、たまたま仕事上で会いに行かねばならなくなった。

書類の不備があってどうしても本人のサインが必要なのだ。ちなみにこういうことはよくあるため、団員さんと会うことも結構多い。

書類を持って黒騎士団員達の事務室に向かう途中で、ルークさんにばったり会った。

「あ、ルークさん。ちょうどいいところに。書類の件で少しお時間よろしいですか？」

「あぁ。何かあったか？」

書類を確認してもらいサインをもらった。――これで用事終わり。

執務室に戻ろうとしたが、ふと団長のことを今ここで聞いてもいいかな、という思いが浮かび、一瞬立ち止まった。

私の行動を見て、ルークさんが不思議そうに私の顔を覗き込んできた。

「どうした？」

「あー、えっと、……ル、ルークさんて彼女っているんですか？」

「は？　俺に彼女？」

自然な話の流れを作ることがまったくできず、ひとまず聞く本人から彼女がいるかを聞いて、その流れで団長のことを聞こうと思っての今の質問だ。

雑談力がなさすぎるな、自分。おかしい、コミュ障でも人見知りでもないと思っていたんだけど。

「急になんだよ。彼女なんていねぇよ。お前も知ってんだろ、黒騎士団は他と比べてモテねえんだよ」

「で、でも黒騎士団の皆さんも素敵な方が多いですし、普通の職よりはモテるんでしょう？」

「そりゃあまったくモテねぇってわけじゃねぇけど」

「ほ、ほらぁ！　やっぱりぃ！　……それで、その、団ちょ」

「なんだ、やっぱお前もそういうこと考えるんだな。そんな髪型してっから、そっちのことは興味ねぇのかと思ってたわ。それならやっぱ髪伸ばせよ。あ！　そうだ。この間話したウィッグ店行こうぜ。俺好みなのを教えてやるよ。今日の仕事終わりとかどうだ？」

「え？　いや、その……」

「何？　今日なんか予定あんの？」

「いや予定はないんですけど」

「んじゃ、終わったら正門の前で待ち合わせな！」

「え！　ちょっ……！」

そう言ってルークさんは颯爽とどこかへ行ってしまった。

追いかけようとしたがさすがは騎士。まったく追いつけなかった。

「どうしよう、ウィッグなんていらないのに……」

断りのメモでもルークさんの机に置いておこうかな。

あ、でも団長のことを聞くいい機会かも。ウィッグは買わなければいいし。

そうして私は仕事終わりに、ルークさんと目当てのウィッグ店へと向かったのだった。


連れてこられたウィッグ店はとてもおしゃれで、店員さんもすごくいい人だった。

私の髪型を見て「あらあらまあああ！」とひどく驚き、どうやら私がいじめにあって髪を切られてしまったと勝手に解釈したようで、「ご苦労されているのね」と哀れみの目を向けられてしまった。

それから店員さんはさまざまなウィッグを私に当てがいまくった。

確かにルークさんが言うように地毛のように見える。けど、私はもとより買う気がないため、適当に相槌を打つだけだった。だがルークさんが思いの外ノリノリでこれがいい、あれがいいとウィッグをせっせと親身に選んでくれていた。

髪伸ばせ伸ばせってうるさいけど、こういうところを見るとやっぱ根はいい人なんだよなぁ。

まあここでは髪が長いことが美人の条件なわけだし、ルークさんが自分の価値観を押しつけているわけではなく、単純に私がここの価値観を受け入れられていないのだろう。

団長の女問題を確認したらアタックしたいし、この世界の常識にのっとってウィッグを買うのもありっちゃありかもしれない。郷に入っては郷に従えというし。

そう思ってとりあえず値段を聞いてみると、まったくもって良心的でないお値段に驚き、すぐさ

ど。
思えば日本でだってカツラは結構値段が高いものだった。縁がなかったから詳しくは知らないけ
ま買うことを止めにした。
値段にビビる私を見て、ルークさんに「俺が出してやるから」と提案されたが、大してほしくも
ない高価なものを、大して親しくもないルークさんに勝ってもらう道理がないため全力で断った。
結局、「今日は様子見なので」と言って、疲労困憊状態で店を出た。
店を出ると辺りはすでに暗くなってちょうど夕食時だったため、このまま食事を一緒にすること
になり、近くの酒場に入った。
入店した瞬間にとんでもないブスの私は店中の視線を集めてしまったが、そんな視線は気にせず
運ばれてきた料理とお酒に舌鼓を打った。
お互いほどよくお酒も入り、口が滑りやすくなったところで今日の最大のテーマ、いやむしろ唯
一のテーマである団長の女の有無を聞くことにした。
「ルークさん、昼間にも聞いた彼女問題のことなんですけど」
「だから彼女なんかいねぇって」
投げ捨てるようにそう言ったルークさんが半分ほど残っていたビールを一気に呷《あお》って、ジョッキ
を力強くテーブルに叩きつけた。
「お前のその積極性は褒めてやるが、それならまず髪を伸ばせ。んな頭してる女の横歩くのは俺に

とって結構な恥なんだぞ」

「え、普通にひどい」

「ひでぇのはお前だろ。別に俺も見た目が全てって言ってるわけじゃねぇけど、それにしたってお前はひどすぎるわ」

「いや、ひどいの意味が違うし。酔ってるんですか？　というか聞きたいのは団長の……」

「酔ってねぇよ。とにかくお前は色恋のことを俺にどうこう言う前に、まず髪を伸ばせって言ってんだよ。ウィッグだって金出してやるって言ったのに断りやがって。最低でも胸下くらいまで伸ばすかウィッグ被ってからまた言ってきな」

——何を言ってるんだこの人。

ほんっとこの人は二言目には髪伸ばせ、ウィッグつけろって……それしか言えないのか。なんで私がルークさんの好みに合わせなきゃならんのだ。今聞きたいのは団長に女がいるかどうかなのに話も聞いてくれないし。

ルークさんの目が据わっているし、今日はもうお開きにしてしまったほうがいいだろう。

「ルークさん、このくらいにして帰りましょうか」

「は？　まだいいだろ」

「いいえ、私はもう帰ろうかと。まだ残るなら私の分のお金置いていきますね」

「なんでだよ。今日俺と飲みたかったんだろ？」

「はい？」

再び思うが、何を言ってるんだこの人。

私は一言だってルークさんと飲みたいなんて言っていない。それどころか一緒に出掛けたいとすら言っていない。

いろいろ言いたいことはあるが、酔っ払いに言ってもあまり意味がないだろうから、たくさんの言葉を呑み込みまくった。ひとまず帰ろう。とにかく帰ろう。

断じて望んではいなかったけど、一応今日は私のためにいろいろ連れて行ってくれたわけだから、不本意ながら多めにお金を置いて、そそくさとお店を出た。

もうルークさんから団長のことを聞くのはやめる！

そうだよ、ハナから本人に聞けばよかったんだよ！　なんで人から聞こうなんて思ったんだ！

団長ー!!　もし彼女も奥さんもいないのなら私なんてどうですかー!?　髪が短いブスはやっぱり嫌ですかー!?　団長のことめっちゃ大事にしますよー!!　私の全力を持って団長を幸せにしてみせますよー!!

多少酔っていることと、ルークさんへの苛立ちのせいで変なことを考えながら外に出ると、少し冷たい空気が短い髪を撫で、大して酔っていないがさらに酔いが醒めた。

さっさとお風呂に入って寝よう。

そう思って寮に帰ろうとクルリと向きを変えると、ドンッと何かにぶつかった。

「ぶへぃっ!!」

ちょっと痛いが壁みたいに硬くない。絶妙な硬柔らかいものに。

そしてなんという可愛くない声を出しているんだ自分は……

こんな不細工な声も、多少ではあるが酔っ払ってる姿も、絶対団長に見られたくない。

ぶつけた鼻をさすりながら、目の前にある壁らしきものに目を向けた。

「っっ!!」

声にならない声が喉から出て、私の酔いは完全に、そりゃもう完っ全に醒めた。

「すまない、大丈夫か？　……アユミ君？」


団長、なんでここにいるの……


というかぶつかった拍子に潰れたカエルみたいな変な声出しちゃったよ。しかもそれを聞かれたくない人ナンバーワンの団長に聞かれてしまったよ！

「だ、団長……どうして、ここに……」

「どうしてって、俺は家がこの近くなんだ」

「え、そ、そうなんですか？　寮は？」

「俺は自宅からの通いだ。アユミ君こそ何故ここに？」

「それはっ……」

「アユミッ!!」

背後から切羽詰まったような声が聞こえたかと思うと、急に腕を引っ張られてバランスを崩しかけた。

振り向くと、私の腕を力強く掴んだルークさんが、何故か焦っているような表情で立っていた。

「あれ？　すみません、お金足りませんでしたか？　それとも何か私忘れ物でもしましたっけ？」

「あぁ？　ちげーよ！　お前なんで先に帰んだよ！」

「だって明日も仕事ですし……。あの、ちょっと痛いんですけど」

別に逃げたりなんかしないのに、結構な力で腕を掴まれ地味に痛い。

だけどルークさんは力を弱めてくれなかった。

「髪みじけえこと言い過ぎたのは謝るけど、それはお前のためを思ってだな！　あぁっ、くそ……！

俺はお前のことを嫌ってるわけじゃねえんだよ！　急にいじけんなよ！」

「え、いや別にいじけたわけでは……というか痛いのですが……」

「とりあえず場所変えてもっかいちゃんと話すぞ」

「なんで!?　私もう帰りたいんですけど！」

この人は一体何を言っているんだ。私は全然いじけていないし、ルークさんとこれ以上何を話せというんだ。というか団長のいる前でこれ以上こんな醜い言い争いしたくない。

そして腕がほんとに痛い。

「――手を離せ」

ズドンッ、と内臓にまで響くような重く低い声が背後から放たれた。

その声は団長の声だとすぐにわかったのに、あまりにも冷たく鋭い声に、恐怖にも似た思いになってビクッと肩が跳ねた。

それはルークさんも同様だったようで、私の腕を掴んでいた腕の力が弱まった。そして声のほうに顔を向けると、驚愕から体を固くした。

「団長……？　何故ここに……」

「お前は一体何をしているんだ、ルーク」

「俺は、その、アユミと仕事終わりに……まあちょっと……」

おいそこ！　含みを持たせるような言い方するな！　ちょっとウィッグ見てちょっと飲み行っただけだろ！

団長の迫力に怯んだのか、ようやくルークさんが完全に手を離してくれたその瞬間、グッと肩を引き寄せられた。

抱きしめられているわけではないが団長が後ろから私の両肩を優しく掴んでいるこの体勢、緊張するけどめっちゃ嬉しい！

「彼女と何を話していたか知らないが、彼女に乱暴をはたらくな」

「乱暴なんて！　俺はそいつに話がっ……！」

「話があるというのなら後日にしろ。酒も入っているようだし、今のお前は冷静ではないだろう。彼女は俺が送るから、お前は先に帰れ」

「待ってください！　そいつはっ！」

「女性のことを〝そいつ〟などと言うな。お前は彼女の事情を知る数少ない人間なんだぞ」

「……っ」

「それに彼女の手を乱暴に掴むな」

――かっ……こいいんですけどこの人っ!!　好き!!

密かに団長に悶えていると、ルークさんが居心地悪そうに「じゃあな」と私と目も合わせず一言呟いてから足早に帰っていった。

腕を強く掴まれた以外は特段酷いことをされていないのに団長に怒られてしまったルークさんに申し訳なさを感じるが、正直言ってこれ以上一緒にいるのは少々きつかった。

ルークさんも騎士団内の寮に住んでいるはずだから帰る場所もほぼ同じだし、団長と会わなかったらあのまま一緒に帰っていたかもしれない。

そう思うと、団長が先に帰るように言ってくれて二重の意味で助かった。

「大丈夫だったか？　揉めている様子だったが」

走り去るルークさんを見送っていると、先ほどとはまったく違う温かい声が頭上に落ちてきた。

「は、はい……。お見苦しいところをお見せしてすみません」

「そんなことはない。いくら知り合いといえど男に大声を出され、強く腕を掴まれるのは怖かっただろう？　俺がたまたま居合わせてよかったよ」

「……っ」

本当はほんの少しだけ怖かった。

痛いほど腕を掴まれたことなんてなくて、男女の差を歴然と感じ、絶対に抗えないような気持ちになった。自分が先ほど毅然とした態度でいられたのは、すぐ側に団長がいたからだろう。

自分でもそれを気づいていない振りをしていたのに、団長に優しく諭されてほんの僅かに目頭が熱くなった。

「帰ろうか。寮まで送ろう」

少し肩が震え、泣きそうになっている私に気づいたのか、団長は私の肩から手を離し、ふわりと頭を撫でながら言った。

もっと泣いちゃいそうだからやめてほしい……。いややっぱりもっと撫でてほしい……団長に撫でられるのってやっぱり気持ちいいな……

「あっ、あの、団長はもう帰られるところなんですよね？　寮は近いし、送っていただかなくても……」

「女性の夜の一人歩きは危険だ。先日も言ったろう。か弱い女性だという自覚を持ちなさいと」

そう言われ、つい先ほど腕に感じた男の人の力強さを思い出し、まだ僅かに痛む腕を無意識に擦った。

「ルークに掴まれた箇所が痛むのか？」

「え、あ、ちょっとだけ……。でも、なんというかほんとに自分は弱いなと思いまして……。私も皆さんみたいに鍛えようかな。……なんて」

「体力をつけることはいいことだから、君が体を鍛えるというのなら反対はしない。だがまだこの世界に来て間もないだろう。意図せず急に環境が変わって、君の知らない疲れもきっとある。先日も体調を崩していたし、体を鍛えるのはその疲れが完全に取れてからでも遅くはないはずだ」

「……っ」

団長は甘く、優しい。

推しだ！　尊い！　と応援うちわを持ってキャーキャー騒ぎたくなるときもあるけど、時折こうしてその甘やかさに胸が苦しくて、言葉が出なくなる時がある。

団長のその大きい体に抱きついて、そして抱きしめてほしいと思ってしまう。

つい先日気づいた自分の気持ちは、まるで坂道を転がる雪玉のように容易く大きくなっていく。

そしてそれは、自分の欲望すらも大きくしていく。

団長が甘く優しいのは、自分だけにであってくれたらいいのに……と。

あぁ、恋とはなんて厄介なものなのだろう……

「すみません、団長。先日のこともそうだし、いろいろご迷惑をかけてしまって……」

「君を迷惑だなんて一度として思ったことがないよ。さぁ、俺らも帰ろう」

またもやポンッと私の自慢の頭を撫でてから団長がゆっくり歩き出したので、すぐに隣を歩いた。

「団長は、ほんとにお優しいですよね」

「そんなことはない。むしろ逆のことを言われることのほうが多い」

「そりゃあ団員の方々には厳しくされているんでしょうけど、その、そういう意味じゃなくて……。エスコートとかもスマートですし。すごくモテそうですよね」

あれ？　ポロッと「モテそうですよね」なんて言っちゃったけど、これは彼女または奥さんがいるかどうか聞けるのでは？

「俺がか？　生憎《あいにく》そういうものには縁がないな。俺は体がでかいから、女性からは恐怖心を抱かれることのほうが多い」

「え、……じゃあ、ご結婚もされていないんですか……？」

「なんだ、冷やかしか？　モテない俺を嘲笑っているのか？」

少し困ったような表情で団長は笑って言った。

「ち、違います！　だってモテないなんて嘘だと思ったから……！」

「嘘をついてどうする」

だってこんな容姿も性格も筋肉もパーフェクトな御方を怖がるなんて正気か!?　ありえない！　でもこれで団長に彼女や奥さんがいないことはわかった！　よし！　わざわざルークさんと出かけた意味……とも思ったが、その帰りにこうして聞けたのだからよしとしよう。

「団長の女」がいないことを知って一人ほくそ笑んでいると、団長が急に立ち止まって、ビクッとするような真剣なまなざしで私を見下ろしていた。

その表情、その視線に思わず私も動けなくなってしまう。

「君は……――」

私に向けるでもない小さすぎる団長の声を、私の耳は拾うことができなかった。

今何を言ったのか聞こうとした瞬間——悪寒のようなものを本能が感じ取り、思わず言葉をゴクリと飲み込んだ。

見れば、団長の表情はいつもと変わらないドキドキする微笑みなのに、そこに冷ややかすぎるほどの怒気を漂わせている。

「え？　だんちょ……」

「アユミ君……、君はルークと親しくしているのか？」

私の言葉にかぶせるようにして、団長が笑みを浮かべたまま問うた。

「君がルークと二人で食事に行くほど親しくしていたとは思わなかったな」

「え、いや、ちが……」

「先ほどのは痴話喧嘩だったのか？」

「違います！　今日はルークさんにちょっと聞きたいことがあって、そしたら成り行きで食事に」

「……」

「聞きたいこと、か」

その言葉を皮切りに、もしかして私の勘違いかな？　と思った悪寒はさらに冷ややかさを増していく。

何故だ。

「聞きたいこととは？」

「え？」

「ルークに何を聞きたかったんだ？」

「えっ」

「その聞きたいことはルークでないとダメだったのか？」

「いや、それは別に他の人でも……」

「では何故俺に聞かなかった？」

「っ、そ、れは……」

ジリジリと団長に詰め寄られて意図せず後退ると、すぐに外壁に追い込まれてしまった。

私を逃がすまいと、すぐさま団長の逞しすぎる腕が壁につき、まさに壁ドン状態となってしまった。そのせいで、全身が心臓になってしまったのではないかと思うほどに鼓動が強い。

「何か困ったことがあれば俺を頼ってくれと、俺は君に言ったはずだが」

「そ、そうなんですが……あ、あの、近いっ……！」

「あぁ、近づいているからな」

「だ、団長っ……」

「何故俺ではなくルークに？　君は奴から何を聞きたかったんだ？」

声は努めて優しい。

だからこそ恐ろしく、でも恐怖とは違うドキドキがする。

というか、聞きたかったことはつい今しがたあなたから聞けたんですけど……

でもそんなことを言ったら、私の気持ちがバレてしまうかもしれない。

「俺は君から見て頼りなかったか？」

「ち、違います！　団長はほんとに頼りがいがあって……！」

「では何故？」

「……っ」

「アユミ君、これ以上俺を困らせないでくれ」

いや困ってるの私なんですけどっ⁉

団長は壁に肘をつき、さらに距離を縮めてくる。

窮屈そうに体を屈ませ、上向く私の顔を覗き込んでくる美麗な顔に見惚れていたいけど、目を合わせるのもなんだか恐ろしい。

混乱する頭をさらにグチャグチャにするかのようにそのお顔が間近に迫ってきて、思わず目を瞑ると耳元で子宮を震わせるバリトンが脳に直接響くように囁いた。

「――アユミ君、もしや君はルークのことが……」

「団長に彼女がいるか知りたかったんです‼」

とうとう答えてしまった。答えざるを得なかった。だって団長が詰め寄ってくるんだもん！　こんな爆裂イケメンの好きな人に詰め寄られたら誰だって白状するわ‼

恐る恐る団長を見ると、目を丸くしたまま固まっている。

「俺の、彼女……？」

「あ、ぅ……」

「何故？」

やっぱそれ聞きますよね。ですよね。私だって聞くもん。

でも聞いてほしくなかったよぉ。どうしよう。どうやって切り抜ければいいんだろ。

さっきはいい感じに自然に聞けたって思ったのに、まさか聞きたい理由をこんなふうに問われることになろうとは。

「えと、……その、団長は素敵な方なので、彼女とか奥さん……いるのかなって思って……。でも、団長に直接聞くのは、気が引けまして……」

「素敵？　俺が？」

「はい……」

「君は俺をそのように思ってくれているのか？」

「はい……。だって実際に素敵ですし……すごく優しくて、尊敬してますし……」

「俺の恋人の有無を聞きたくてルークを誘ったと？」

「誘ってはないんですけど、食事はたまたま成り行きで……ほんとはただそれを聞きたかっただけで、一緒に出かけようとは思ってなくて……」

結局正直に答えてしまった。

あぁ、これが好きな人による誘導尋問というやつですか。抗えない。

こんなのほぼ告白したようなものだ。もうダメだ！　恥ずかしくて死ねる!!

近すぎる顔の距離に戸惑い目を合わせられないでいると、スッと髪を耳にかけられた。

「ひぐっ！」

急に触れられて体が跳ね、弾かれたように顔を上げると、団長の表情には先ほどの冷ややかさなど欠片もなくなっていた。いや、むしろ熱に浮かされているような、未だかつてないほどの凄艶な表情で私を見下ろしていた。

もう髪は耳にかかっているのに、耳からは手が離れず、指の腹で耳の裏側を僅かに撫でてきて、そのせいで私の全神経が耳に集中してしまっている。

「ツン……」

くすぐったくてゾワゾワして、思わず変な声が出てしまった。

それがさらに自分の羞恥心を煽ることとなった。

「俺に触れられても嫌ではないと先日言っていたが……今はどうだ？」

「えっ……？」

「……嫌か？」

「っ、……や、じゃ……ない、です……」

「本当に？」

「はっ、はい……」

私のことを壁と体で挟み潰すのではないかというほどに団長が詰め寄ってくる。その顔はほぼ真下で俯く私の丸い頭に吐息がかかるほど近い。

そしてまたスルリと大きくて太い指が私の耳殻を擦り、ゾクリと体に甘い電流が流れた。

「ヒゥッ！」

また変な声が出てしまった！

というかなんでこんな甘やかな空気に⁉

さっきの冷たい空気はいずこへ⁉

以前団長が覚えのないセクハラを謝ってくれたけど、よもやどこまでがセクハラなのか推し量っているのだろうか⁉

どうしてそんなことをする必要が⁉

まぁ私は団長にになら何されても……いやいやいやいやいや、やっぱ心臓が保たないからやめてほしい！

もうダメだ！　逃げよう‼

「変なこと言ってすみません！　ここまで送ってくれてありがとうございます！　もう平気なので！　では！」

早口でそう告げて立ち去ろうとしたが、元々捕まっているような状況から逃げ出せるはずもなく、体の向きが変わっただけで、後ろから団長に抱きしめられているような体勢となってしまった。

団長の太い腕が逃がすまいとガッチリ私のお腹に回っている。

「何故逃げる？　嫌ではないと言っていたのは嘘だったのか？」

「う、嘘じゃ……ない、ですけど……」

「まぁ嫌がっても恐がってもいないのは見ていてわかるがな」

少し揶揄《からか》うようなその声に怒りなど湧かず、むしろ自分の想いを見透かされている羞恥心と嬉しさのようなものに駆られる。

団長に後ろから抱きしめられていることにも、すぐ耳元で聞こえる団長の息遣いにもゾクゾクし、無意識に体の中心に力を込めた。

「だ、だっ、だんちょ……」

「耳が真っ赤だな」

私達以外人通りがまったくない夜道を照らす街灯の下で、真っ赤に染まっているらしい耳をじっくりと見られてしまっている。

いっぱいいっぱいすぎて、マンガのように頭から湯気が本当に出ているのではと思う状況で何も考えられないでいると、ハムッと耳殻が少し湿った熱いものに包まれた。

「——ひぎゃっ！」

耳を食べられた！　と瞬間的に理解した。

感じたことのない感覚に、上げたことのない声を出してしまった。

フッと耳元で小さく笑われてしまう。その時、ふと包まれた体がスルリと離れていった。

早く離れたいと思っていたのに、途端に感じる空気の冷たさに強い名残惜しさを感じてしまう。

そんな綯交《ないま》ぜな思いを抱えながら、耳を押さえて恐る恐る振り返ってみると、淫靡な色気をまき散らしている団長が、いたずらが成功したとでもいうように笑っていた。

「君は、俺を翻弄することがうまいな」

「そ、れは……、こっちの台詞だと思うんですけど……」

「では訂正しよう。君は俺を煽るのが天才的にうまいな」

「あ、お……」

「このまま君にあてられ続けたらどうにかなってしまいそうだ。さぁ、今日のところはもう帰ろう」

「へっ、ぁ、はい……」

倒れそうなほどの色気をこれでもかと放っていたはずなのに瞬時にそれは鳴りを潜め、いつもの微笑み（これも色気すごいけど）を浮かべた団長の手はしっかりと私の腰に回っている。

今起きた出来事にまったく頭がついていかない。全身が鼓動しているようにドキドキしていることが腰伝いに団長に気づかれないことだけを祈りながら、帰路へとついた。


「お、送ってくださってありがとうございました」

寮は本当に近く、すぐに着いたが、私にとっては長い道のりだった。

女子寮の門の前まで団長は送ってくれたため、深々と頭を下げた。顔を上げても団長の顔を見ることができず、もはや目線の定位置となっている魅惑の大胸筋を見つめる。

「アユミ君」

「は、は、はいっ!!」

さっきから噛みまくっている私に、団長は一歩ゆっくりと近づいた。

すでにすぐ後ろには女子寮の門があり、一歩も後退ることができない。

「君を咎めることなどしないから、先ほど俺にされて嫌なことがあったら正直に教えてくれ」

「い、いやなこと……」

「あぁ」

私の返事を待つ間にまた少しその大胸筋が近づく。

「嫌だったこと、あるか？」

「あ、ありません……」

「本当に？　遠慮しないで言ってくれ」

「ほんと、です……。恥ずかしかっただけで、その……嫌とかじゃ……」

「君の耳を食んだこともか？」

「っ！　は、はい……」

「本当に俺に何をされても嫌ではないか？」

またしても囲われるように門と団長に挟まれ身動きがとれない。

もはや抱きしめられているといってもいいほどの距離、団長の腕の中でコクコクと頷いた。


「それなら、……――」

ボソッと小さく呟いた団長の言葉は、近すぎる距離なのに私の耳は拾えなかった。そのかわりとでもいうように、また団長が私の耳に触れた。

「んぅ……」

「先ほどからずっと耳が赤くて熱いな」

「そ、れは……」

「恥ずかしいから？」

「……は、い」

「でも、嫌じゃない？」

「っ、……はい」

私の意思を確かめるように囁かれ、そしてそれが図星であることがまた羞恥心を煽っていく。

――……逃げたい、のに逃げられない。そのことが嬉しい。

甘くぞわぞわとする感覚に自身の裾をギュッと握る。私を蠱惑的に見下ろしている団長がフッと息を漏らした。

そしてその妖艶な顔をまた私の耳元に近づけ、子宮が震えるバリトンで囁く。

「おやすみ、アユミ」

「っ！」

耳に、急に呼び捨てをするという甘い爆弾を放たれ思わず顔を上げたが、団長が手際よく門を人ひとり分だけ開け、中に私を入れ込むと、すばやく門を閉めてしまった。

木で作られた重厚な門は外から覗けないようになっていて、内側からも外を見られない。だが微かに遠のいていく足音が聞こえた。

また門を開けて団長が帰ったか確かめることはできるけど、精神的にそれができない。

恥ずか死しすぎてドッと疲れ、敷地内なのをいいことに地べたに座り込んだ。

今もまだ、団長の艶めかしい低声がすぐ耳元で聞こえるような気がする。

「つっっ～～～～」

――ほんっとになんなの⁉ なんで全部耳元で言うの⁉ 耳触りすぎ‼ 耳が限界‼

ほんっとうにあの爆裂イケメンセクシーダイナマイトエロエロムキムキ男はっ！ 心臓がもたないんだってばっ‼ 好きっ‼

◇

少しやりすぎたな……

どうにも彼女の前だと理性が働かない……

肌寒さが自分の頭を冷やしているように感じながら、俺は夜道を足早に歩いていた。

いつものように残業をしたあと、騎士団からほど近い自宅への帰り道、急に方向転換した人物が胸に飛び込むようにぶつかってきた。

「ぶへぃっ‼」

反射的に謝りながらぶつかった人を見下ろすと、酒が少し入っているのか、僅かに頬が紅潮しているアユミ君だった。

　俺にぶつかって鼻を打ったのか、痛そうな声をあげた彼女に申し訳なく、様子を見ようと屈もうとしたら、その後をルークが追ってきた。

　二人の様子を見る限り今まで一緒にいたらしく、ルークからも酒の匂いがする。

　アユミ君はルークと食事に行っていたのか……。俺でさえ執務室でしか一緒に食事をしていないのに……

　たったそれだけのことで簡単に嫉妬の炎が灯った。

　まるで痴話喧嘩しているような会話が目の前で繰り広げられ、嫉妬の気持ちが加速し、自身の拳を強く握ることを止められない。アユミ君の腕を掴み続けているルークを殺してやりたい気持ちで睨みつけながらも始めは口を挟まないようにしていたが、痛そうに顔を歪ませるアユミ君を見て我慢できず、ルークに手を離すよう命じた。

　そしてルークが彼女を離した瞬間に、俺のものだと見せつけるかのようにその華奢な肩を抱き寄せた。


　先ほどルークに放った自分の言葉は思った以上に鋭いものだったらしく、彼女も怯えていたように感じた。ルークを先に帰らせた後、努めて柔らかく大丈夫であったかと尋ねると、気が緩んだのかほんの少し肩が震えていた。

　その姿を見て胸が締め付けられるような慣れない感覚に襲われ、彼女を慰めたいのか自分を慰めたいのか、意図せず彼女の小さくて丸い頭を撫でていた。

以前も思ったが彼女の頭は綺麗な丸の形で、撫でていてとても心地いい。短い髪も気持ちよさを増しているようだ。頭を撫でるとその可愛い耳殻もよく見えて自分の中の激情が鎮静していくが、情炎が仄かに灯る。

彼女に嫌悪した様子がないのをいいことに、遠慮もせずに心地いいその頭を撫でた。


帰り道。

俺のことを優しい、モテそうと言ってくれた彼女の言葉を否定すると「モテないなんて嘘！」と力強く言われた。その言葉は彼女の表情を見る限り本心から出た言葉だと思い、胸の内に喜びが溢れた。

そのように言ってくれるということは、少なからず男として良い印象を持たれているのだろうか。

先日具合の悪い彼女を送った際に言ってくれた「俺にされて嫌なことはない」という言葉を鵜呑みにして今も肩を抱いているが、これは俺のことを好意的に見てくれているのか、またはまったく意識していないだけなのか、それが無性に知りたくなった。

自分がこんなにも一人の女性に翻弄されるなんて……。そしてそのことを不快に思うどころか心地いいとさえ思い、むしろ彼女にもっと翻弄されたいとさえ考えている自分に驚いてしまう。

隣を歩く自分の胸ほどの高さしかない彼女を見つめながら、ふと立ち止まる。

先ほどの泣きそうになっていた様子は消え失せ、何故だか嬉しそうな表情をしたアユミ君が、立ち止まった俺のことをつぶらな瞳で見つめてきた。

日々募っていく彼女を欲する気持ちは、もう止めることができそうにない。

ルークが、他の男が彼女の隣にいたことに、自分の中にあんなにもどす黒いとぐろのような怒りが渦巻くだなんて思っていなかった。

彼女を誰にも見せたくない。

彼女を誰にも触らせたくない。

彼女を誰にも渡したくない。

この想いは恋慕などという綺麗なものではなく、禍々しい欲望だ。

二十九年間まったく感じたことがない欲望が自分に巣食うこの感覚は悪くない。

彼女が俺を蝕んでいくようなこの感覚はひどく享楽的で依存性が高く、もう一歩だって後戻りなどできないし、したくない。

俺にこんな粘着質な欲を教えた彼女には責任を取ってもらわねば……

もっと欲しい。もっと俺を蝕んでくれていい。

俺を支配し、懐柔できるのはアユミ君、君だけだ。

だから俺に、俺だけに、君を差しだしてほしい。

――……だって。

「君は、俺から逃げることなど絶対にできないのだから……」

聞かせるつもりはなかったその言葉は、案の定彼女には届かなかったらしい。

聞き返そうとする彼女に言葉を発させることなく、ルークと出かけた理由を聞いた。あくまでも優しく聞いたつもりだったが、俺の中に燻り続ける嫉妬が表れているらしく、彼女は怯えながら焦っている様子だった。

だが止める気はない。だって俺は彼女に何度も伝えていたはずだ。

「困ったことがあれば俺を頼るように」と。

それなのに何故ルークに？　そもそもルークとそこまで仲が良いとは思わなかった。

確かにあいつはアユミ君の秘密を知る数少ない人間だし、信用に足りる男だと思っている。だが接している時間は遥かに俺のほうが多いはずだ。それなのにアユミ君は相談相手にルークを選んだというのか？

俺は君から見たら頼れる存在ではなかったのか？

あぁ、確かにここ最近の俺はおかしいと自覚している。アユミ君の耳を見るだけで胸の内が欲に塗れ、今まで鋼鉄だと思っていた理性など今や砂上の楼閣だ。

――俺をこんな仕様のない男にしたのは紛れもなく君だというのに、君は、ルークのことが……？

燻っていた嫉妬の火種が暴力的な何かに変化しようとした瞬間。

「団長に彼女がいるか知りたかったんです!!」

街灯に照らされた耳を真っ赤に染めながら彼女は言った。

顔を羞恥で染め、瞳を僅かに潤ませている。時折俺の視線から逃げ、だけど俺の様子を窺うようにポツリポツリと言葉を紡ぐ。

彼女が放つ言葉一つ一つで、ゆっくりと自分の中の黒いものが消えていくような不思議な気持ちだった。

俺を素敵だと、優しいと言って、俺に特定の女性がいるかどうかを人から聞こうとした彼女の行動の意味がわからないほど、子供でも無垢でも鈍感でもない。

「——……っ」

あまりの歓喜で鳥肌が立った。

確かめたい。

彼女の気持ちを知りたい。

俺と想いの量は違っても、想いの種類が同じだと確かめたい。

彼女の耳が今赤いのは『男』に迫られているからでなく『俺』に迫られているからなのかを知りたい。

……あぁ、暗くて耳が見えづらい。

もっと見たい。

短い髪から覗く、その耳が。

——……彼女のすべてが。

彼女の髪を耳にかけたのはほぼ無意識だった。

彼女の様子を具《つぶさ》に見つめ、少しでも嫌がられたらやめようと思いながら触れたくて堪らなかった耳を指でなぞる。

「ツン……」

甘い声が漏れ、もともと脆くなっていた理性がボロボロと崩れていく。

一向に嫌がる素振りもなく、聞いてみても「嫌でない」と言う彼女は、もはや小悪魔ではないかとさえ思った。

短い髪から香る彼女の香りが意図せず鼻孔に届き、それを堪能しながら耳をなぞり続けるとまた彼女から甘い声が漏れた。

むしろ試されているのだろうかと思うような甘い苦行。酔いしれていると、もう辛抱ならないとでもいうかのように彼女が律儀に挨拶をして走り去ろうとした。瞬間的な狩猟本能で容易く彼女を捕まえ腕の中に閉じ込めた。

逃さない。逃がすわけがない。

まだその赤い耳を堪能しきっていない。

もっと彼女が赤くなって甘く困っている顔も耳も見たい。

片腕で簡単に捕まえられた彼女の体があまりにも細く、それがさらに俺の庇護欲も情欲も掻き立てていく。

このままだと彼女を家まで連れ去ってしまいたくなる。いや、ダメだ。送ると言ったからには遵守せねば。ここで彼女の信用を失うわけにはいかない。

だが街灯に照らされた赤い耳があまりにも可愛すぎて——思わず食んでしまった。

家には連れて帰らないのだから、これくらいは許してほしい。

感じたことのない名残惜しさを一旦置いて、スッと彼女を腕から離すと、自分の中の何かが抜け落ちたような錯覚があった。

それを払拭したくて、今度は腰を抱きながら彼女を送り届けることにした。

寮の門前に着き、最後にまた彼女に確認した。

——もし、俺がしたことを「嫌じゃない」とまた言ったなら、その時は……


「それなら、……逃がさない」


一人少し冷たい空気の中、帰宅を急ぎながら自分の熱を冷ますように大きく息を吐いた。

いくら彼女が俺のことを、とはいっても、まだ自分の気持ちすら伝えていないというのに。あのようなことをしては、男慣れしていなそうな彼女が困惑することなどわかりきっているのに。

だが眉を下げて困惑しながら俺を見上げるその顔がまた可愛くて困る。

——もっともっと困らせたくなる。

まずは俺の気持ちをきちんと伝えよう。それから彼女の真意を聞かなければ。

もし俺の自惚れであれば、伝えた上で彼女の気持ちを掴む努力をすればいい。

誰にも渡さない。彼女が他の者を愛することなど許せないし、他の者が彼女を愛することさえ腹立たしい。

彼女を愛するのは俺だけで充分だ――


「お、おはよう、ございます……」

翌日、案の定アユミ君が若干挙動不審な様子で出勤してきた。

扉を開けて俺の顔を見るやいなや顔を赤くして、ビクッと体を強張らせている。

……その反応が可愛らしくて嗜虐心を煽ることを彼女は認識しているのだろうか。

彼女に気づかれないように口元を手で押さえて微かに笑うと、その様子を見てベージルがいろいろ把握したようで、呆れているような非難しているような目で俺を見てきたが無視した。

さて、いつこの気持ちを伝えるべきか。

俺としては今すぐにでも言いたいところだが、ベージルもいる。人前で告白することは構わないが、彼女は恐らく困ってしまうだろう。彼女を困らせたくはあるが、それは二人っきりのときに限る。あの可愛い顔を他の者には絶対に見せたくない。

『団長』

ふと頭に直接言葉が放たれた。念話だ。緊急事態の際に使用するもので、普段あまり使うことはない。執務室で使うことは皆無だ。そのために一瞬反応が遅れた。

『どうした』

『アユミさんの様子がどうにもおかしいのですが、何かありましたか?』

『何故それを俺に聞く？』

『だってアユミさんを見た途端、団長の機嫌がおかしいほど良くなったじゃないですか』

……こいつ、よく見ているな。

見習い騎士時代から一緒にいるベージルは、部下ではあるが気兼ねなく接することができる友人でもある。普段と違うのであろう俺の機微にいち早く気がついたのも頷ける。

『もしかしてやっとお付き合いを？』

『お前、気づいていたのか？』

『当たり前でしょ。同じ部屋で仕事しているんですから』

『そりゃそうか。……まだだ。近々伝えようと思っているけどな』

『なら食事にでも誘って早く伝えてあげてください。正式な関係でもないのにそれらしい態度をとり続けるのは良策とはいえません』

『そうだな』

ベージルの言葉に納得し、言う通りにすることにした。

まずは彼女を食事に誘うか。告白するのならば何か贈ったほうがいいだろうか。

「お、お二人とも、お茶飲まれますか？」

アユミ君はいつも朝一番にお茶を淹れてくれるのだが、俺とのことで動揺していたのか、珍しく俺達に聞いてきた。いつもなら何も言わずとも淹れてくれているというのに。

俺に話しかけるのが恥ずかしいのか、赤くなった顔をベージルに向けて彼女は言った。とても可愛らしい。その顔を俺に向けないことに多少なりとも嫉妬の炎が燃えたが、顔には出さずにやりすごした。

先にベージルに茶を渡してから、少し戸惑った様子で俺のデスクにカップを置き、スッと離れようとしたその小さくて白い手を優しく握った。

「へっ⁉ え⁉ あ、あのっ……」

俺の行動に瞬時に赤くなってアワアワとしている彼女を見て、思わず笑みを浮かべてしまう。

あぁ、やはり困っている表情の彼女は可愛らしい。

手も俺とまったく違って、小さくて細くて柔らかい。自分の肌が黒いと思ったことはないが、彼女の白さと比べるとまったく違う。アユミ君の手は透き通ってしまいそうに白い。愛おしい……

親指ですべすべとした手の甲を味わってからスッと手を離すと、小さなトレイで顔を隠しながら素早く自席へと戻っていった。隠しているつもりらしいが俺の好きな彼女の真っ赤な耳はハッキリと見えてしまっている。

そんな俺をベージルがまた呆れた目で見ているが、気づかないことにした。

――あぁ、また彼女への想いが先走ってしまった。

まずは彼女に気持ちを伝えなければ……

甘い。甘すぎる。

もちろん今食べているチョコデニッシュが、じゃない。団長がだ！

ルークさんと出かけた帰りに寮まで送ってくれた日から団長が恐ろしく甘い。

仕事面では今まで通りだけど、そうじゃなくて私に向ける表情とか、声色とか、触れ方とか……なんか全部が甘い！

それが嫌ってわけでは断じてないのだが、それにしても甘い！　だって全然人目気にしてないんだもん！　アワーバックさんの前でも普通に手スリスリしてきたし!!

嫌じゃない。嫌じゃないけど恥ずかしい！　恥ずかしいけど嬉しい!!

そんな団長から食事に誘われてしまった。それがなんと今日。

一応下着はちゃんとしたものを着けてきた……。いや他意はない。これはその、そういう意味の勝負下着というわけでなく気合を入れるための勝負下着というか。精神的な勝負下着なわけで。

最近の甘すぎる空気にも、そして今日食事に誘われたことにも、もしかして団長も私のことを……と期待してしまう。

だがすぐにその都合の良すぎる考えを拭い去った。

きっと団長は黒騎士団唯一の女である私に優しくしてくれるだけ。

団長とお付き合いしたいとは思っているけれど、団長の優しさに変に期待をして傷つくのは自分だ。

――……だってこの世界では私はとんでもないブスなのだから。


「さぁここだ」

と連れて来られたのは、職場からほど近い、お高そうな家が連なる住宅地の中の一軒家。

周りのお屋敷と比べるとそこまで大きいものではないが、前の世界で考えれば六人家族が余裕で住めそうな大きさだ。立派な普通の家のように見えるけど、もしかして隠れ家レストランなのかな？

「ここがお店……ですか？」

「いや、俺の家だ」

「えっ！　団長の家!?」

「ゆっくり話をしたかったから、人目がないほうが落ち着くと思ったんだ。料理は違う者が作ってくれるから安心してくれ」

いやいや、味の心配などしていないのだが！　今日の下着は、そうだ。勝負下着だ。よし。

――よし。じゃない！

あわあわしている私の思考に気づいたのか、団長はクスッといつもの妖艶な微笑みを浮かべた。

「心配せずとも、俺は無闇矢鱈《むやみやたら》に君に危害を加えることなどしないよ」

「え、いや、その……」

「では、どうぞ」

エスコートされることに不慣れな私に手慣れた様子でスッと手を差し出す。おずおずとその大きな手に自分の手を重ねると、たったそれだけで団長の表情が蕩けた。

うぅ、かっこいい……！

そして手慣れた感じがかっこよくてズルい。キュンキュンしちゃうじゃないか。

くそ！　この女性ホルモン製造機め！　好き!!

それに団長は私の嫌がることはしない、という絶対的な信頼があるために、私は導かれるがままに家の中へと入った。


外観通り、一人暮らしにはあまりにも広い団長の家のダイニングは、照明が僅かに落とされていた。テーブルにはレストランのように真っ白なクロスが敷かれていて、その中央には甘い雰囲気を演出するようなキャンドルが灯されている。

料理人さんがすでに準備を終えていて、すぐに美味しそうな料理が出され、それに合うワインも用意されていた。

出された料理すべてが美味しく、ほどよいお酒も手伝って、話し上手で聞き上手な団長との食事は本当に楽しかった。

今日は料理人さんを呼んでくれたが、団長は普段、私と同じように騎士団の食堂で食事を摂っているらしい。本当はこんな大層な家は欲しくなかったが、団長という立場にあるのに寮に住むというのは体裁が悪いらしく、騎士爵を賜った際にこの家をもらったのだそうだ。しかし帰らずに執務室に泊まることも少なくないと食事の際に教えてくれた。

デザートまでいただき、片付けを終えた料理人さんも帰って、今は家の中に二人きり。

「ご馳走様でした。本当にすっごく美味しかったです！」

「楽しんでくれたようでよかったよ」

自宅に料理人を呼ぶなんてリッチ！　と少し気構えてしまったが、周りの目がないぶんマナーなどを気にせず食事ができた。

当初感じていた緊張もすっかりなくなり、今はリビングに移って、団長が淹れてくれた食後のお茶をゆったりとした気持ちで飲んでいる。

急に食事に誘われて、しかもそれが団長の家だったことに驚き、団長から何か重大な話をされるのかと不安を覚えたし期待もしてしまったが特に何もなく、本当に楽しく今日を終えようとしている。

このお茶を飲んだらお暇しよう。

そう思って、カップを空にしてからリビングの大きなソファに隣り合って座る団長を見た瞬間、ギュウと胸が締め付けられた。

――……甘い。

団長の緑色の瞳が、甘く熱く、そして優しく、私を見つめていたのだ。

逃げ出したくなるような衝動に駆られながらも、その視線に絡めとられたかのように私の体は動かなくなってしまった。

「あ、あのっ……」

意味もなく口ごもってしまった私の手を、団長が優しく、でも強く握った。

自分の手をすっぽりと覆う大きくて固い手から感じる熱に胸が締め付けられ、眉を下げてしまう。

急に感じる甘やかな空気にどうしていいかわからず、ただただ握られている手を見つめていると、団長がひどくゆっくりと顔を近づけてきた。

「——……アユミ君」

トーンを落とした甘く静かな声。

そして同時に握られていた手が団長の両手に包まれ、さらに熱が高まっていく。

「もし、俺の自惚れであったら笑ってくれ。勘違いで浮かれている愚かな俺を、馬鹿な男だと嘲笑ってくれていい」

「え……？」

甘くも緊張感のある空気にあてられて、ドクン……ドクン……と鼓動がひどく体に響く。

じわりと滲む手汗を知られたくないのに、団長の手を離すことができない。

「俺は、君のことが好きだ。君と恋仲になりたいと、そう思っている。——君も、俺と同じ気持ちだと思っているが……違うだろうか？」

「……んぇ？」

好き……？

え、好きって言われた……？

団長が？　私を？　ショートカットの私を？

この世界ではとんでもなく醜女の私を？　いや元の世界でも別に可愛いほうじゃないけど……

ちょっと待って。私が期待して妄想していたことが現実に？

いやいやいやいやいや、まさかそんな。

でもどういうこと？　好きって何？

ちょ……と待て。私も団長と同じ気持ちって、え？　私の気持ちバレてたの？

「アユミ君、君の気持ちを教えてくれないか？　……君が、俺を、どう思っているかを」

ゆっくりと、一音一音を諭すように伝える団長からは、焦がれるような熱と、まっすぐな真摯さだけが痛いほど伝わってくる。

茶化さず、濁さず、ただまっすぐな気持ちを好きな人から伝えてもらう幸福が、言葉を詰まらせるほどこんなにも嬉しいものだったなんて……――

言わなきゃ……、早く私も好きだって気持ちを伝えなきゃ……

「わっ、……わた、しもっ……です……っ」

嗤《わら》ってしまうほどに声が震えていた。

声と同時に視界が滲み、そんな目を見られたくなくて反射的に俯いてしまう。団長はそれを許さないというかのように頬に手を添えて、優しく私の顔を上げた。

「嬉しいが、それでは言葉が足りないな。俺は君からの言葉が欲しい。……ゆっくり、時間がかかってもいいから、言ってくれ」

「っ……」

こんなにも甘い声を、私だけに発している事実に鼻がツンとして、さらに視界が滲む。

頭の中で何本もの糸がグチャグチャに絡まっているように、団長への言葉が縺《もつ》れてしまって、その中から何を伝えればいいのかわからない。

「……っわ、……わたっ」

「うん」

「わっ……っ……」

「ゆっくりでいいよ。でも、ちゃんと俺に伝えてほしい」

「私」という言葉すら詰まってしまっても、団長は優しく言葉を待っていてくれる。

団長の親指が、私を宥めるように手の甲をなぞる。頬に添えられたままの手は前髪を優しく払い、そのせいで、涙でグズグズの目が何の隔てるものもなく見られてしまう。

黒髪から覗く緑の瞳が蕩けるように細まっていて、それだけでまた言葉が詰まってしまいそうだ。

だけど必死に言葉を紡ぐ。

「わた、……し、もっ……っ、……だ、団長、のっ……ことが……好き、ですっ……」

熱を持ちすぎている涙がスルリと落ちて、団長の指を濡らした。

もっときちんと気持ちを伝えたいのに、頭の中には言葉が溢れかえっているのに、これ以上言葉が出ない。

出ない言葉のかわりとでもいうように、一度落ちた涙はポタポタと落ちていき、収拾がつかないほどになってしまった。

自分が何故泣いているのかわからない。

私は元来泣き虫なんかではない。それなのに〝泣きじゃくる〟という表現が正しいほどの泣きようで、これじゃあせっかく両想いになったのに団長に引かれてしまうのではないかと思い、涙をゴシゴシ拭うがどんどん溢れてきて止まらない。

「ごめっ、なさぃ……ま、待ってくださっ……」

「そんなに強く目元を擦らないほうがいい。腫れてしまう」

「でも、止まんな、くて……こ、こんな顔、……団長に、見られたくない、のに……」

「こんなとは？　今の君はとても愛らしい」

「っ！　ぅ、そだぁ～～」

「嘘なものか。だが、そうだな……。そんなに俺に見られたくないのなら、俺の胸で泣けばいい。そうすれば顔は見えないよ」

「でも、服っ、……汚しちゃう、から……」

「汚すなど、君のその涙を汚いもののように言わないでくれ。……本当のことを言うとな？　ただ、俺がアユミを抱きしめたいだけなんだ」

「っ」

「君を慰めたいと綺麗事を言いながら、ただ君を抱きしめたいと思っている女々しい俺でも好きだと思ってくれるのなら、……俺の胸で泣いてくれ」

私に向かって腕を広げたその様は、まるで甘美な蜘蛛の巣のようだ。

一度飛び込んでしまえば最後、囚われて離れられなくなる。

どこまでも居心地が良くて、どこまでも自分を甘やかしてくれて、そしてペロリと食べられる。

逃げることも離れることも許されず、二度と引き返すことができない、そんな罠のよう。


だから私は、迷わずその胸に飛び込んだ。


力が入っていない筋肉はふわりと柔らかい。

自分の体とは横幅も厚みも全然違うのに、凹凸がピッタリと合っているようだ。

団長のシャツが涙で湿っていく。

それを咎められるどころか優しく頭や背中を撫でられて「あぁ、甘やかされている」と実感する。

その大きくて優しい手と自分を包む筋肉のおかげなのか、理由がわからないまま溢れていた涙が徐々に徐々に収まっていった。

その後、団長が甲斐甲斐しく目を冷やしてくれて、ようやく一息つくことができた。

「落ち着いたか？」

「は、はい…。ごめんなさい……。こんなみっともなく泣いちゃって……」

「謝らないでくれ。君が俺を想って俺の胸で泣いてくれたことに幸福を感じていたのだから」

甘いっ！　好き……！

「アユミ、ここにおいで」

そう言われ、「ここ」ってどこ？　と思っていると、団長が自分の膝をポンポンと叩いていた。

赤面し驚いている私を見て団長がクスッと笑うと、フワリと抱き上げられて団長の膝に跨るような体勢になった。

――こ、これはっ!!

逞しい太ももに座っている！　私のお尻の下に団長の大腿筋がっ！　硬い！　安定感がすごい！

しかも団長の顔がちっっかい！　顔、かっこいい!!

「ひぇっ……」

「ん？　嫌だったか？」

「いや、その、近くてっ……」

「あぁ、君の顔がよく見えるな」

愛おしそうに私の腫れの引いた目元と頬をゆっくりと撫でていく。

その笑みが蕩けそうなほどに甘くて、胸が締め付けられてもはや苦しい。

こんなかっこよくて素敵な人が私を好きでいてくれるだなんて……。でもそれを信じられないとは思わない。だって団長の顔がその想いを何よりも物語っているのだから。

「団長は、私の髪……、短くてもいいんですか……？」

「？　よく似合っていて可愛らしいと思っている」

「だ、だってこの世界では、髪が短い女性は……不細工なんでしょ？　だから私は……」

「あぁ、そういうことか。確かにそういった考えが一般的だが、君には当てはまらない。アユミはすべてが誰よりも可愛らしいよ」

慈しむように私の短い髪をいじる団長の表情から、疑うのが失礼なほど本心からそう思ってくれていることがわかる。

「君が髪を伸ばしたいというのなら反対はしない。ただ俺は短い髪の君が好きだよ。君の顔がよく見えるから俺としては短いままでいてほしい。君の可愛い顔が伸ばした髪で隠れてしまうのは惜しいしな」

「短いままでいても、いいんですか……？」

「君の好きな髪型でいればいい。……だが、正直なところ髪を伸ばして他の男が君を邪な目で見ると思うと、想像するだけで許しがたい」

どうにもこの世界の美醜についていけず、髪を伸ばしたくらいで自分がモテるだなんてまったく想像がつかないから、団長が今言ったことが現実で起こるとは思えない。

だけど団長が今のように独占欲を露わにしてくれることに愉悦のようなものを感じてしまう。

嬉しさを噛み締めている最中に団長が頬にちゅっ……ちゅっ……と優しく、楽しそうに口付けてくる。

それだけでも体が強張るのに、スルリと耳殻をなぞられて、その感覚に下腹部の疼きを感じた。

「だ、だだだだだだだだだだ団長……」

「〝だ〟が多いな」

「団長っ……」

「ウィルフレッド」

「……え？」

「恋人になったんだ。名前で呼んでくれないか？」

「こ、恋人……」

「あぁ。アユミは、俺の恋人だろう？　アユミは俺のことを名前で呼んでくれないのか？」

そんな子犬みたいな目で見ないでよ〜。呼びます〜、むしろ呼ばせてくださいよ〜。

なんで普段かっこいいのに急にかわいい顔するの〜。

「ウィ、ウィル、――フにゃっ！」

私が名前を全て言う前に引き寄せられてレロッと耳朶を舐められ、変な声が漏れてしまった。

ガッチリと腰を抱かれ動くこともできないまま与えられた刺激に、思わず団長の太い首に腕を回した。

それを予期していたかのような手が私の頭を支え、密着した状態でますます動けない。

「あぁ、いきなり愛称で呼んでくれるなんて、アユミは俺が思っていたよりも積極的なんだな」

「今のはちがっ！　ひぎゃっ！」

耳元で囁かれ、そのまま耳殻をねっとりと舐められ、また変な声が出てしまった。

「確かに俺の名は長いし、アユミには愛称で呼ばれたい。もう一度ウィルと呼んでくれないか？　さぁ、今度は俺の顔を見て」

少し顔を引くと、至近距離にドタイプの爆裂イケメンが甘やかに微笑んでいる。

好きな人に甘やかに見つめられることの喜びから生まれる熱で、また少し視界が滲んだ。

「そんな可愛い顔をして、本当にアユミは俺を煽るのが上手いな」

「煽ってなんてっ……」

「ほら、その可愛い口で俺の名を呼んでくれないか？　俺の恋人に名を呼んでほしいんだ」

「ウィル、さま……？」

「それじゃダメだ」

「っ！」

〝様〟をつけたことを咎めるように耳を淡く触られて、体がピクリと跳ねた。

「さぁもう一回だ。敬称を入れずに俺の目を見て、言って？」

どこまでも甘く脳を蕩かせる声で私に囁く団長に逆らえない。その甘い声も甘い顔もこんなに至近距離で見て、聞くだけで自制心も理性も何もかもが崩れ去っていく。

「ウィ、……ウィル……――んんっ！」

それまでの優しさとは打って変わって、少し乱暴な噛み付くようなキスが始まった。

唇をウィルの唇と舌で食まれ舐められ、舌根すらも絡められるように舌が奥へと入り込む。それだけで私の口内はウィルの舌で満たされ、唾液が口端からはしたなく漏れてくる。

「――んぁ、……っふ……ッ……ッン」

……こんなキス知らない。

元彼とだってこんなキスしていない。

こんなしゃぶられ、食べられるようなキス。

この逞しい腕で体も、頭すらも固定されて動けない。

動けないことが嬉しい。力強さがかっこいい。

呼吸すら上手くできないのに絶えず襲ってくる舌が、私に触れる何もかもが、この上なく気持ちいい……

「ッッぷぁっ……はぁっ……はぁ……ウィ、ル……」

「アユミの舌は小さくて可愛いな。ずっと絡めていたいほどに熱くて気持ちが良い。……苦しかったか？」

また私の耳を撫でながら愉悦の浮かぶ表情で私に問いかける。

まだ荒く息をしている私を愛おしそうに、楽しそうに見つめながら。

「く、るし……かった、です……。で、でも……」

「でも？」

「も……もっと、してほしぃ……です……」

私の言葉に、今までと比べられないほどの色気と獲物を見るような笑みを浮かべてウィルは両耳を撫でてくる。

その感覚にぞわぞわとしながらも、ウィルを見つめることを止められない。

「……いいな。そうやってもっと俺を欲しがってくれ」

「ンッ、……っぁ、耳ぃ……」

「恥ずかしがり屋のアユミも可愛いが、素直な君は堪らないな」

「んぁ、っ……み、耳っ……っゃあ」

先日から思っていたけど、ウィルは耳触りすぎだと思う。何が楽しくて触るのかは皆目見当がつかないが、耳がすごく弱くなってしまったような気がする。

耳を触られたことなんてないから、元々弱かったのかもしれないけど……

変わらず両耳の耳殻を撫でられながら、食むようなキスと噛みつかれるようなキスを享受し、ウィルの体にしがみつきながら口内の快感と耳のくすぐったさに酔いしれる。

「……ッ、……ん、っは……ウィ……ルぅ、ん……はぅっ……」

「ん、アユミ……」

耳殻を撫でていた指がツー……と耳朶まで降りて優しく挟んだり、耳裏の付け根をなぞられたりされるとどんどん下腹の疼きが強くなり、キスの合間に漏れる声も止まらない。

その時、――トンッと、人差し指が耳の穴に入ってきた。

「――ひゃあぁっ！」

電流のような感覚が耳から足の裏まで駆け巡り、ドクンッ――と大きく心臓と子宮が跳ねたような、生まれて初めての感覚に体がピクピクと震える。

ウィルの大きくて厚い肩を掴んで荒い息を吐きながら、茫然とした目で彼をなんとか視界に入れる。

その私の様子に、ウィルがペロッと唇についたどちらかわからない唾液を舐めてから、感嘆のため息を吐いた。

「アユミ、まさか耳に指を入れただけでイッたのか？」

「……んぇ？　い、今のが……？」

「いや、今のは違うか……。まだ浅い……、完全ではないな」

「あ、浅いって……？」

「イク感覚、わからない？」

徐々に落ち着いてきた息を整えながらコクンと小さく首肯すると、「開発しがいがあるな……」と零しながら、嬉しそうに色気のある笑みを浮かべて、また耳を触ってくる。

その感覚にまたピクピクっと動いてしまうと、チュッチュッ……と私の額と頬と唇にキスをしていく。

「わからないということは、前の世界で恋人はいなかったんだな？」

「あ、いえ……。一人だけいました」

「――っ!!」

ウィルの目が見開かれた瞬間、妖しく光って私を見据えたことに気づき、ルークさんと食事をした日に送ってもらったときのようなゾクッとした寒気を感じた……――

◇

――可愛い。

膝に乗る俺の恋人は、今日は一段と可愛い。

ずっと彼女を抱きしめたかった。思う存分その可愛い耳に触れ、小さくて薄い唇に自身のそれを重ねたかった。

俺への気持ちを伝えたくても涙が溢れて言葉を紡げないアユミのことが愛おしすぎて、腕の中に閉じ込めながら宥め、やっと落ち着いた頃にキスをすると、不慣れなことがすぐにわかった。

苦しがるのに拙くキスを受け入れながら俺に抱きついてくれることが嬉しくて、可愛くて堪らない耳をなぞりながらまたキスをして、耳穴に指をさし込んだ。

「――ひゃあぁっ！」

可愛らしく啼いたアユミが体をピクピクと震わせながら俺にさらにしがみつき、紅潮して蕩けた表情で俺を見つめてきた。

まさかこんなにも耳が敏感だとは……

あぁ、アユミの耳をこれからどう楽しんでいこう……

もっと敏感にして、性感帯にして、俺が軽くキスをしただけでイケるような体にしてあげよう。

これからのことを考えると、ドロリとした黒い情欲が自分に染み込んでいくような感覚に包まれ、それがひどく愉快だった。

〝イク〟感覚がわからないということは……

「前の世界で恋人はいなかったんだな？」

「あ、いえ……。一人だけいました」

幸福感に酔っていた俺はガツンと打たれたような衝撃を受け、一気に自身の激情に呑まれた。

彼女に向ける表情は絶対に変わっていないはずなのに、その表情に乗せた俺の感情がつい数秒前とあまりに違うことに彼女も気づいたようで、正直に口を滑らせてしまったことを後悔している様子だった。

「あ、いや、えっと……いたっていってもいないようなものでっ……！」

「いないようなもの？　でも恋人だったんだろう？　そいつとはどこまでしたんだ？」

「どこまで……とおっしゃいますと……？」

膝の上に乗る彼女はあまりにも軽い。少し腰を引き寄せただけで簡単に俺に寄りかかってくれる。

そしてそのまま絶対に離れないように、腰に腕を巻き付けたままにした。

「先ほどの感覚は初めてだったんだよな？　ではアユミは男の経験がないと思っていいか？」

俺の言葉に少し顔を赤くして戸惑いながらも、コクンと首肯した。可愛い。

今の答えに自分の中の激情が幾分収まったように感じ、スルリと彼女の細い腰を撫でると、敏感な彼女はそれだけでもピクッと反応した。

「ではその男とはどこまでしたんだ？　キスは？　この体に触れることを許したのか？」

「そっ、そんなこと、言わないとダメ、ですか……？」

「アユミを好きになって気づいたが、俺は存外重い男らしい。もしそいつとアユミが口付けをしているのならそれは俺が忘れさせたい。この体に触れているのならそれを俺の全身全霊を使って上塗りしたい。アユミの全てを俺で塗り替えないと気が済まないんだ」

俺の肩に乗せる手を取り、ゆっくりと指を絡ませる。

俺の半分くらいしかないような小さな手の甲に唇を落とした。

「こんな重い男は嫌か？　俺のような男に好かれて後悔しているのなら、今この瞬間だけ逃げるチャンスをあげよう。だが、逃げないのなら俺は君をこの先手放すことなど絶対にしない」

「に、逃げません！　私だってウィルのこと好きですもん！　そ、それに……」

「それに？」

恥ずかしそうな表情で言い辛そうにしているアユミを見つめて続きを促すと、観念したかのように口を開いた。

「ウィルなら、その……重くても、むしろ嬉しいというか……だから、逃げたくなんかありません……！」

「アユミ……」

まぁ本当は逃げたいと言っても逃がすことなんて絶対にしないが。

ただアユミが逃げないと、俺のことが好きだと言わせたいがためのハッタリだ。

まんまと俺が求める言葉を口にしてくれる彼女がまた愛おしい。

彼女の言葉にまた激情が高まり、両手を繋いだまま顔を近づかせその柔い唇にしゃぶりついた。

その小さい口内は俺の舌を入れるだけですぐにいっぱいとなり、彼女の小さい舌は俺の舌を受け入れようと拙く絡めてくれる。

「――ッ、ふぅ……んっ、……ッハ、ンゥ」

「その男にその可愛い声を聞かせて、その上気した可愛い顔を見せて、アユミの小さな舌を味わわせたのか？」

「こっ！　こんなキス……したこと、ないですよ……」

「こんなとは？　アユミにとって俺とのキスはどういうキスなんだ？」

俺が言った言葉に紅潮しながら眉を下げて困惑した顔を浮かべた。あぁ、可愛いな。その顔が好きだ。もっと困らせたくてしょうがない。

だが前の恋人への激しい悋気《りんき》がまだ収まらない。

「～～～っ、ウィルはいじわるです！」

「君が可愛いのが悪い。ほら言ってくれ。アユミにとって俺とのキスはどういうものなんだ？」

目を泳がせ言い淀み、もじもじとしている様子がまた俺の嗜虐心を煽る。

どうにか言わないで済むように知恵を働かせているようだが逃がす気はない。

「ほら、アユミ。言って？　俺とのキスは君にとってどういうもの？」

「っ、……は、激しくて」

「激しくて？」

「……き、気持ちいい、キス……です」

「そうか。アユミは俺とのキスを激しくも気持ちが良いと、そう思ってくれているんだな」

「わ、わざわざ繰り返し言わないでください！」

赤くなって可愛く怒る彼女と繋いでいる手を口元に持っていき、また手の甲に唇を付けた。

たったそれだけのことでまた眉を下げている。本当に可愛らしい。

「それで。激しくも気持ちいいキスはその男としていないとして、触れるだけのキスはしたということか？」

「もう！　それ言わないでください！　……えと、触れるだけのなら、しました」

その言葉に、ふいに脳裏にアユミと知らない男がキスをしている映像が流れてしまい、喉の奥に鉛のような重いものを感じた。

もし今アユミの柔らかい手を握っていなければ、何かを握り潰していたかもしれない。

「舌は絡めてないんだな？」

「っ、……はい」

「他は？　そいつと何をした？　今の俺とこうしているように手は繋いだのか？　そいつは君の体のどこに触れた？」

「手は繋ぎました、けど……あとは別に……」

「そうか、だがこの手に触れたのか……。そいつの手と俺の手では君はどちらが好きだ？」

「そっ、それはもちろんウィルの手です！　……というかもう覚えてないですし」

その答えに触れるだけのキスをする。

「俺のほうがいい」と言ってくれるのをわかっていても、その言葉をわざわざ言わせてしまう。

それだけ機嫌が良くなる自分は本当に幼稚だ。

「じゃあそいつとは触れるだけのキスをして、手を握ったくらいしかしていないということか？

君の体を見せたり触れさせたりはしていないか？」

「触れさせてはない、ですけど……下着姿なら見せました……」

「……下着姿は見せたのにもかかわらず、事を致していないのか？」

「はい……」

「何故？」

「それも言わないとだめですか……？」

いよいよ羞恥からか眦《まなじり》に水滴が少し浮かんでいる。

これ以上を聞きたいような、聞きたくないような複雑な気持ちにかられる。だが彼女がどこまで男に肌を許したのか知らないままではやはりいられない。

彼女の全てを俺のものに、俺で塗り替えられるようにするには何をされたのかを把握しなければ……

「俺に言えないのか？」

「ちがっ！　……ほんとに、なんにもしてないんです！　下着姿になって、でも、その、私が乗り気じゃなくなってしまったというか……だから触られてもないです」

「……そうか。わかった。では俺にも君の下着姿を今すぐ見せてほしい」

「——んえぇっ⁉　なっなぜですかっ⁉」

「そいつが見ているのに俺が見ていないだなんて許せない。安心してくれ。今日は恋人になって初日で君も心の準備などできていないだろうから、事を致すようなことはしない。ただ可愛い君の下着姿を愛でるだけだ。あぁ、もちろん下着以外の服は上下どちらも脱いでくれ」

「それのどこが安心なんですか⁉」

「なら愛でるだけでなく触れてもいいのか？」

「ちっ、違います！」

違うのか……

あわよくばを狙っていたが、やはり無理そうだな。

まぁ焦って無体を働くなんてことは絶対にしないけども。

「だってここ明るいし……。その時は真っ暗だったし、あんまり見られてなかったと思うから……」

「なるほど。では俺が今からこの煌々と明るい部屋で君の下着姿を見ればその男を上回れるということだな」

「えぇ⁉」

「恥ずかしがることはない。俺以外誰もいないのだから、君の体を見るのは俺だけだ。他の誰にも見せるつもりはない」

「ウィルに見られるのだって恥ずかしいです！」

「だがすでに一度君の下着姿を見ている」

「あっ、あれは一瞬だったし！　しかも上だけだし！」

本当に恥ずかしいようで依然として顔も耳も真っ赤になっていて可愛らしい。そうなるともっと恥ずかしがってほしいと思う俺はどこかおかしいのかもしれない。

だが言ったことは本心だ。

もちろん彼女の初めては必ず俺が貰い受けるし、その男のことなどすぐさま忘却の彼方に飛ばしてやるが、今すぐにでもその男より上回りたい。

そいつが知っていて、俺が知らない彼女のことがあるなど我慢ならない。

「あぁそうだ。ないとは思うが今後誰かに女だということを伝える際、君の胸を見せるだなんてことは絶対にしないでくれ。アユミがそれをしていると思うだけで耐えられない」

「しませんよ！　あれはウィルだったから見せたわけで……！」

「俺だったから……？」

ハッと我に返ったのか、元々赤くなっているのにまたさらに顔を赤くして言葉を詰まらせるアユミを見て、胸の中でパチパチと弾けるような幸福感が襲った。

俯きそうな頬に触れると、見た目通り熱い。

だがその俺の手のひらに甘えるように擦り寄り、羞恥で濡れた目で見つめてきた。

ここで煽ってくるとは……、と少し歯噛みした。

「アユミ、教えて？」

「ウィルを牢屋で初めて見たとき、すごくかっこいい人だなって思って……こんなかっこいい人見たことないって思ったんです……。女だって伝えるとき、この人にならむしろ胸を見せてもいい記念になるかなって……。あ、あんなこと今までしたことないですからね！　下着は可愛いのじゃなかったから結局後悔したけど……。と、とにかくウィルだったから見せたんですよ!!」

「へぇ……俺だから、ねぇ……」

突如として俺を上機嫌にさせる言葉を浴びせられたことに、愉悦の笑みを抑えることがまったくできない。意図せずアユミのことを狩猟的に見つめてしまうと、肉食獣に睨まれた子ウサギのようにビクッと肩が震えた。

「ということは、俺の見た目は君の好みに合ったということかな？」

アユミが小さく、でも確かにコクンと頷いた。

その様子があまりに愛らしすぎてカプッと唇を食んだ。

「っ！」

「じゃあ脱いでくれ」

「え！　ほんとに脱ぐんですか!?」

「もちろん。言ったじゃないか、可愛い君の下着姿を愛でたいんだ」

「で、でもっ……」

「恥ずかしがっていても可愛いだけだ。ほら、脱いで」

「あっ……ちょ、待ってくださ……！」

恥ずかしがっているくせに大した抵抗もしないアユミの服を、俺は喜々として脱がし始めた。


――……綺麗だ。

上下とも下着のみの姿となったアユミは、変わらず俺に跨って座っている。

初めて見た時に目に焼き付けた彼女の痩躯に似つかわしくないその双丘は、先日は黒のシンプルな下着に包まれていたが、今日は白をベースとしたピンクの刺繍を施した下着に包まれている。先日の下着も好きだが、今日のも可愛くて好きだ。

……まあ本当に好きなのはその中身なのだが。

何度も腕を回した腰も、こうして見てみると思った以上に細い。豊満な胸とのアンバランスさが妙に艶かしく、永遠に見ていたいような、今すぐ下着を取っ払って貪りたいような気持ちが交互に襲ってくる。

凝視している俺を見ないように首まで赤くなりながら固く目を瞑っている様すら愛おしい。

そんなことをしたら俺が遠慮もせず存分に、それこそ舐めるように体中を見るというのに。まぁでもアユミが目を開けていても隅々まで見るけども。

「寒くないか？」

「へ、平気、です」

「アユミは髪が短いから可愛い顔も綺麗な体も全て見やすいな。やはり伸ばさず、今のままの髪型でいてほしい」

「もう、見ないで……ください……」

「恥ずかしがらなくてもいい。可愛い下着じゃないか。君によく似合っている」

アユミが自分の体を隠さないように手を繋いで甘く拘束する。

だが少しでも隠そうとしているのか、体を縮こまらせているために胸も寄って大きな胸の谷間をさらに強調しているのことが嬉しいし、それに気づいていないアユミがいじらしい。

「ほら、アユミ。恥ずかしくて目を開けたくないのなら俺と激しくも気持ちいいキスをしようか」

「それ言わないでっ――ウンンッ！」

唾液をまとった舌が甘い。

狭い口内に自分を伸ばし、アユミの舌を舐めるようにクルクルと動かすと俺の手を握る力が強まってくれて嬉しい。

固く目を瞑って俺の舌を受け入れるアユミのことを薄目で見つめ続け、熱い息を吐きながらキスを止めると、二人を淡く繋いだ銀糸がプツリと切れた。

「ぁ、あの……ウィルは……下着、白が好きなんですか……？」

「ん？」

まだ少し息が荒いままモジモジと目を泳がせながらそんなことを唐突に質問し、チラチラと俺を見ながら答えを待っている。

俺が本当に好きなのは中身だ。だから正直に言うと下着の色にさして興味はない。アユミが身に着けているものならなんでも可愛いと思ってしまうだろう。

「実は、きょ、今日……ウィルとお出かけするから、気合いをいれるためにこの下着を選んだんですけど……ウィルはこういうの、好きですか？　それともあんまり好みじゃなかったですか……？」

暴力的な愛らしさとは、まさに彼女のことを言うのだろう。

愛する女性が、自分のために見えない部分まで着飾ってくれる幸福は、こんなにも筆舌尽くし難いものなのか。

脱がせて本当によかった。

脱がせた自分を褒めたい。

あぁ、愛おしい……

本当に彼女が着ける下着ならなんでもいい。だが、そう答えるのは最善ではないだろう。

「そうだな。今日のものは清楚な君に似合っていてとても可愛らしい。それでいてその純真さを汚してみたいとも思ってしまうな」

「汚し……？　じゃ、じゃあウィルは白が好き、ですか……？」

「どうだろうな。敢えて言うのなら君は肌の色が白いから、色味が強いものを身に着けたらその白さが際立つと俺は思うよ」

「色味が強いもの……あ、赤とか？」

「あぁ、とてもいい」

「青も……？」

「見てみたいな」

「ピンクはダメ……？」

「愛らしいだろうから見てみたい」

「黒は……？」

「たまらないな」

「全肯定！」

「俺はアユミが身に着けたいものが見たい。俺の好みに合わせようとしてくれるのは本当に嬉しいが、俺はアユミのことが好きだから本当に何でも愛らしいと思ってしまうだろう。身につけるもので君の魅力が高まることはあっても損なわれることは決してないから、君が着たいものを着て、それを俺に見せてくれ。あぁ、だけど下着姿を見せていい男は俺だけだぞ？」

「他の男の人に見せるわけないです……」

「いい子だ」

愛しさがどこまでも突き進む。

いくら理性で本能を隠そうとしても前に出てこようとする。だがそれを必死に押しとどめる。

今日のところはこの辺にしよう。アユミの羞恥心も俺の理性も限界だしな。

「可愛い君の下着姿も堪能できたし、今日のところはこの辺にしておこうか」

「ウィルは、結構エッチです……」

「なんだ、知らなかったのか？　……こんな俺は嫌？」

アユミが大きな瞳にいっぱいの涙を浮かべながら、可愛く俺を睨んでくる。その瞳に嫌悪の感情など見えず羞恥と甘さしか見えていないのをわかっていながらも、またもや彼女の言葉を聞きたくて、態《わざ》と汚い言い方をしてしまう。

「や、じゃない……です」

「こんな俺のことも好きでいてくれるか？」

「ん……」

「ん、じゃわからない。アユミが俺をどう思っているかきちんと言ってくれないか？」

「す、好き、です……よ」

「エロい俺のことも？」

「～～っ！　も、もう！　エッチなウィルも大好きですっ！」

「ハハッ、アユミは本当に可愛いな」

そしてまた彼女のこの上なく柔い唇に己をくっつけ、見るだけで堪らない気持ちにさせる耳に手を伸ばした。


キスと耳への愛撫で彼女の可愛い啼き声を聞き、たっぷりと時間をかけながら惜しむように服を着せてあげたときだった。

「君の可愛さで失念していた。これをアユミに渡したい」

「ん？」

普段は何かを忘れることなどありえないというのに、我を忘れていたらしい。用意していたものがあることを思い出した。

小さな箱を彼女に渡すと、驚きながら瞳がキラリと輝いて、俺の顔と箱を交互に見る。可愛いな。

「開けてごらん」と頭を撫でながら言うと、その細い指が丁寧に箱を開けていく。

「――……綺麗」

と彼女が小さく呟いた。

それは俺の瞳の色をした緑色のピアス。

彼女に何かを贈るなら、必ずその可愛い耳に合わせるものがいいと思っていた。

「あ、ありがとうございます！　嬉しい……！　あっ！　どうしよ……。すみません私、ピアスの穴、開けてなくって……。あ、でもこれ付けたいから開けます！」

「アユミの耳に穴が開いていないことなど、もちろんわかっているよ。君の耳に傷をつけることなどしなくていい。これは魔法具だから」

「魔法具？」

「といっても、俺の簡単な魔法がかかっているだけだがな。耳を貸して」

アユミの両耳にピアスをつけると、彼女の耳に俺の瞳の色が煌めいた。それを見て彼女が俺のものなのだと思うと、あまりに大きい独占欲が僅かに満たされた。

「触ってごらん」

言われた通り彼女は耳を触って、ん？　という顔をした。予想通りの反応がまた可愛らしい。

「何も付けていないようだろう？　普段はこれを付けていてほしい。だが先日のように可愛いイヤリングも付けたいだろうと思ってな。この上から付けることもできるようにしておいた」

「すごい！　ありがとうございます！　嬉しい！」

喜ぶ彼女が可愛らしくてまたその唇に浅ましくも貪りついた後、彼女を寮まで送り届けた。顔の火照りが収まらない彼女ともう離れたくないが、この寂しさもあと少しだ。

第五章

朝。

部屋を出る前に、鏡で耳に輝く緑色のピアスを見て心が踊った。

なんだか一日で世界が変わった気がする。

いつもの職場へ行く道すら違う。なんだか彩り豊かな世界に来たみたい。

だって、だって彼氏ができたから!!

しかも！　あの！　最推しの！　人類の宝のようなお体を持ちながらもお顔も最高峰の！　それでいて優しくて紳士で！　でもちょっとエッチで意地悪……でもそんなところも好きと思ってしまう！　ウィルフレッド＝バクストン団長が！　私の彼氏！　恋人！

もう死んでもいい！　いや、死にたくない！　ウィルと共に生きる！

恋人となったけれど推し活は続けていかないと！　むしろ今までみたいにコソコソ見ないでじっくりしっかり見れると思うと幸せ!!

「おはようございまーす！」

「あぁ、おはよう」

あぁ、今日も私の彼氏が爆裂イケメンッ！　なんでそんな朝から爽やかなの⁉　なんでそんなに雄っぱい逞しいの⁉　心なしかいつもよりもかっこよく見えて、その微笑みも威力を増している気がする！　好き‼

挨拶を返してくれたウィルを見てニヤニヤしてから荷物を置いて、早速朝のお茶を淹れようと簡易キッチンに行く。まだ来ていないアワーバックさんの分も含めて準備していると、ふと後ろに人のいる気配がした。

振り向くと、思っていた通り甘い顔をした爆裂イケメン彼氏がいた。

「昨日はちゃんと眠れたか？」

「はい！　送ってくださってありがとうございました」

あ、なんか気恥ずかしい……。

じっくり観察できると思ったけど、逆に顔が見られない。あ、でも騎士服に覆われた雄っぱいが目の前にあるぞ。よしいつも通りこれを見よう。あぁでも顔を本当は見たい！　というか近い！

「団長、ち、近いです……。も、もうすぐアワーバックさん来ちゃいますよ？」

「二人きりでいるのに顔も見せてくれず、名前も呼んでくれない。その上他の男の名を口にするだなんていけない子だな、アユミ」

「え、だ、だってここ職場ですし……！」

「だが今は俺と君しかいない」

キッチンとウィルに挟まれ身動きがとれない。

すぐ目の前には大好物の大胸筋！　でもそのご尊顔も本当は見たい！　あぁでも雄っぱいが……！

と思っていると、ウィルは何かを感じたように不機嫌そうに顔を上げ、近すぎる距離から一歩離れた。

それと同時に執務室のドアが開き、アワーバックさんが入ってきた。

「あれ？　お二人ともいらっしゃったんですか？」

アワーバックさんが不思議そうに聞いてきた。

何故そんなことを聞く？　普通にいますよ。今日休みじゃないし。

わけがわかっていない私を見て、アワーバックさんが団長のほうに目線を向けた。

そこには何故だかジトーっとした、訝しむようなものが含まれているように思えた。

「団長。昨日、行かれたんですよね？」

「あぁ。無事本懐を遂げた」

「おめでとうございます。では今日からではないのですか？」

「いや、今日はいろいろ整理もしたいからな。明日からを予定している」

ん？　何が明日から？　本懐とは？　昨日行かれたとは？

背の高い二人が私の頭上で交わしている言葉の意味がわからず、自分には関係のないことなのかもと思っていると、二人共私の様子で話の内容をわかっていないことを把握したようで、複雑な顔をした。

「アユミさん、団長から何か聞いてますか？」

「え？　何かって？」

「明日からお休みされることです」

「えっ？　何故ですか？　騎士団の創立記念日とかですか？」

「そんな記念日はありませんよ。そうではなくて、団長とアユミさんのお休みのことです」

「どうして私と団長が？」

私の言葉でアワーバックさんが「なんで言っていないんですか」とウィルに言っているかのような目をした。

その視線をウィルはさらっと流している。

「アユミ、前の世界には〝花休暇〟というものはあったか？」

「ハナキュウカ？　いえ、ありませんでした。有給休暇みたいなものですか？」

「まあ確かに有給ではあるが、意味合いが違うな」

「私と団長は明日からその花休暇なんですか？」

「あぁ、そうだ。花休暇というのはいわゆる恋人のための休暇だ」

「えっ！」

恋人のための休暇⁉

え、なにそのピンクな休暇。そんなのものが認知されてるの？　この世界は恋愛脳国家なの？

めっちゃ平和～。あ、でも日本にも結婚休暇ってあったもんな。でもまだ私達お付き合いしたてのホヤホヤカップルなのに休み取っちゃっていいの？　いや嬉しいけども。

……ん？　ちょっと待って。

私とウィルがお付き合いを始めたことをなんでもうアワーバックさんが知ってるんだ？　昨日って言ってたし、もしかして私とウィルが食事に行くこともアワーバックさんは知っていたのかな？

うわぁ～なんか恥ずかしいな……

「そんな休暇があるんですね……」

「まあ大体は引っ越しのための休暇だな」

「引っ越し？」

「恋仲となったのだから、一緒に住むのは当然だろう。そのための休暇であり引っ越しだ」

「えええぇぇっ⁉　も、もう同棲するんですか⁉」

いや、別に嫌じゃないよ！　むしろ嬉しいよ！

でもいろいろついていけてない！　だってまだウィルが彼氏だってことすら実感できてないのに！

え、待って。

じゃあこれから家に帰ったらウィルが「おかえり」って言ってくれるの⁉　いや、逆に「ただいま」って言うウィルをお出迎えとかしちゃうの⁉　もしやお風呂上がり無防備生筋肉も拝めたりする⁉　なにそれ！　最高っ‼

「アユミが元いた世界では違うのか？」

「いきなり同棲する人もいるとは思うんですけど、私の考えではお付き合いを重ねてから一緒に住んだり、結婚を前提として一緒に住んだりするものかと……」

「なるほどな。なら何の問題もないな。俺と君は結婚を前提としているのだから、一緒に住むことに問題はあるまい。花休暇は婚約をした恋人のための休暇だからな」

「えええぇぇっ!?　ちょっ、ちょっと待ってください!!　婚約!?」

「あぁ。俺達は結婚を前提としているだろう？」

「け、結婚を前提!?」

私の驚きようにウィルは何か問題が？　という顔をした。

というかそんな重要なことを朝っぱらから執務室で、しかもアワーバックさんがいる前で平然と言うか!?　全然ついていけない！　しかもまさかプロポーズ（？）をここでされるなんて!!

「俺は昨日、君を手放すことなど絶対にしないと言ったはずだが？」

「ちょっ！　団長！　こんな、アワーバックさんがいる前で何を言っているんですかっ!!」

「ベージルがいるからなんだ？　アユミ、君は俺達の未来に別れが来ると思っているのか？」

「え、いや、あの、思ってません……。ただ、その、人前……なのですが……」

「思っていない？　本当か？」

「は、はい……。み、微塵も思っておりません……。ただ、アワーバックさんがいるんですが……」

「愛を乞うている時に他の男の名を口にするなと先ほども言ったはずだが？」

さっき言っていたのは「二人でいるときには」みたいなことだったけども!?

どんどん距離を詰める爆裂イケメン彼氏を前に焦ることしかできないでいると、そんな私達の様子をずっと見ていたアワーバックさんが、若干呆れながらも口を挟んだ。

「団長。きちんとアユミさんに説明してあげてくださいね」

「そうだな。てっきり君の以前の世界でもある制度だと思っていた。すまないな」

「うぁ、はい……」

「それと、ご婚約おめでとうございます。団長の古くからの友人としても嬉しく思います」

「あ、ありがとうございます……?」

もうこれは本当に婚約したって感じなのだろうか?

怒涛の勢いというか、スピード婚ってこんな感じなのかな?

「それで休みですが、最大日数で申請されますか?」

「そうだな。その間はいろいろ頼む。鍛錬日もあったはずだがお前がいれば問題ないだろう。昼頃に団員達に伝えに行こうと思っている」

「きっと団長が花休暇を取ると知れば喜んでくれるでしょうね。ではお茶は私が淹れますので、お二人は明日からの休暇の準備をお願いします」

「は、はい！　わかりました！　ありがとうございます」

用意しようとしていたお茶の準備をアワーバックさんに任せ、まだ少し火照る顔を冷ましたくて逃げるように自席に着いた私を、少しむくれたような納得しきっていない顔で見ている爆裂イケメン彼氏のことは見ないようにした。

そして現在、仕事を早めに終わらせて寮に帰り、荷造り中だ。

引っ越し先は言うまでもなくウィルの家だ。

一人暮らしとは到底思えないような大きなお宅だったし、私が住んでもなんら問題はないだろう。そこは自分でも特に何も思っていない。

いやぁまさか昨日の今日で一緒に住むとは……。展開に追いつけていない感が否めない……

いや、全然嫌じゃないよ。むしろ一緒にいられるってのは嬉しいよ。

プロポーズに夢を持っていたわけでもないから、改めて夜景の見えるレストランで言い直して！とかも思わない。でもまさか恋人というか婚約のための休暇なんぞがあるだなんて、ホワイト企業ならぬホワイト国家というか、いやこの場合ピンク国家か？

美醜の決め方もそうだが、この世界というか国は変わっている気がする。もうどこに驚いていいかわからなくて逆に冷静になってきた。

「ふう、荷造り終了」

私はそもそもそんなに荷物が多くない。

私物といえば、この世界に来たときに着ていたオフィスカジュアルと、前にジーナと買い物した際に買ったものぐらいで、あとは支給品くらいだ。

自分の荷物をまとめてみたが、ウィルから借りた鞄で事足りた。

明日の朝、ウィルが寮まで迎えに来てくれてそのまま引っ越しをする、という流れになっている。

そういえばお休みって何日間あるんだろ。休暇とはいっても結婚したわけじゃないし、一日二日くらいかな？

仕舞い忘れがないかを最終チェックしたあと、明日に備えて（といっても荷物持ってウィルの家行くだけだけど）早めに眠ることにした。

——思ったよりも早く起きてしまった。

ソワソワして二度寝もできそうにない。特にすることもないし、ウィルが迎えに来てくれるまでまだ時間があるからお腹に何か入れておこうと思い、食堂へと向かった。

開いたばかりの食堂は人がまったくいなくて貸し切りだった。モーニングセットを頼んで窓際の席に腰を下ろすと、窓から見える朝の景色が爽やかで心地いい。

カタンッ。

隣の机にトレーが置かれた音が聞こえた。

こんなにガラガラなのになぜわざわざ隣に？　と思い目を向けると、こんな綺麗な朝には似合わない、真剣というより怒気がこもったような顔をしたルークさんが立っていた。

そういえば会うのはあの夜以来だ。

「あ……、お、おはようございます……」

若干の気まずさを感じながらも朝の挨拶をすると、無視するかのように無言でドカッと腰を下ろした。周りにはまだ誰もいなくて、大きい食堂の隅に私達が二人だけで座っている。

一体何故隣に……？　何を話せばいいんだろう……

そう思っていると、眇めた目で私を見たルークさんが吐き捨てるように口を開いた。

「お前さ、ほんとになんなわけ？」

「――……え？」

「お前さ、こないだは俺に彼女いるのかしつこく聞いてきたくせに、今日から団長と花休暇って……ハッ、そんなひでぇ髪型しといて団長捕まえるとかすげえじゃんんか」

皮肉たっぷりに浴びせられた突然の言葉に何も返せないし、頭が働かない。

そんな私をよそにルークさんは言葉を続ける。

「異世界ってのは複数の男に唾付けておくのが普通なんかよ。俺に恥かかせるだけかかしといて、お前はこれから団長と仲良く休暇ってか。……ふざけんなよ」

決して怒鳴っているわけではない。

でも確かな怒りが私に確実に向けられていることがわかった。

急に血液が巡らなくなったのかと思うほどに指先が冷たくなり、拳をギュッと強く握った。

「あ、あの……何か、誤解を……」

「――誤解だと……？」

「っ」

鋭利な声が自分をドスッと刺すような感覚に、鳩尾の辺りが重くなる。

ルークさんのほうを見ることができず、食べかけの歯形がついているサンドウィッチに視線を固定する。

誤解を、させてしまったのだろうか。

確かにウィルの恋人の有無を聞きたくてその流れでルークさんにも聞いたけれど、あれで私がルークさんに気があると思わせてしまったのだろうか……

私にいつも髪伸ばせ、ウィッグつけろとうるさいルークさんは、私のことなど女として見ていないと思っていた。

だって髪伸ばせって言ってくるということは、私のことをブスだって言っているのと同じなはず。

一緒にいるのは恥だとも言われたし、今だってひどい髪型って言ってきたし……

「……あぁ、そうかよ。俺の勘違いだったたってことかよ。恥ずかしい奴だなぁ！　俺は！」

「……っ」

「そりゃあ団長のがいいよなぁ？　俺もほんとに尊敬してるんだよ。つえーし、周りもよく見えてて、部下のことだって思ってくれてるし。しかも顔もかっけーし、金も持ってる。女なら誰でもそっち行くわな。……楽しかったかよ。団長に粉かけといて俺のこともキープにしようとしてよぉ！」

「ちがっ……！」

ウィルは……確かにウィルは、見たことないけど団長だから強いだろうし、めちゃくちゃ格好いいし、あんな立派な家に住むくらいお金も持ってるんだろうけど。そんな条件だけを見て打算的に好きになったかのように言うのはやめてほしい。

見た目はもちろん、大好きだ。初めて見たときからかっこいいって思ってた。

——でも、もうそれだけじゃない。

あの人だから、ウィルだから好きなんだ。

私に見せる優しくも妖艶な笑み。

私の名前を甘く呼ぶ低い声。

私を蕩けるように見つめる緑の瞳。

私を心から心配してくれる優しさ。

私を恥ずかしがらせる意地悪な性格。

知れば知るほど、ウィルのことを好きになる。

他の人に目が行くわけなんかないほどに。

ウィルが私のことを好きにならなかったとしても、私はきっとウィルを好きでい続けていただろう。

だからルークさんをキープになんて絶対にしない。むしろちょっと苦手にしていたくらいだ。

「ほんとにそんなつもりはなかったんですけど……誤解をさせてしまったのなら、謝ります。本当にごめんなさい……」

「じゃあ俺と付き合えよ」

「——……え？」

「どうせ団長はお前みてぇな女好きじゃねえよ。ある程度立場が上になると独身っつーのは世間体が悪いから身近なお前にしたんだろうよ。お前みてぇな身元もわかんねぇ髪みじけえ女、団長が好きになるわけねぇよ。だから俺がもらってやるっつってんだよ」

……はぁ？


それまで感じていた恐怖など消え失せて、胸の奥がムカムカしてきた。

この人、意味がわからないし、失礼すぎないか？

結局二言目には「ブス」と同義の髪のことしか言わないし、「お前みてぇな女」ってなんなんだよ。

確かにこの世界ではショートカットがブスなんだろうけど、それにしたってなんでそこまで言われないといけないわけ？　人の容姿について指摘するのは失礼だってことを知らないの？　私がウィルを好きになったことを「見た目を好きになった」ってバカにしてくるけど、自分だって私の見た目のことしか言わないじゃん！

怒りに震えながら俯いて黙っていると、強い力で手首を掴まれた。

「っ！」

先日よりも乱暴で、骨が軋むほどの強さ。顔が歪むほどに痛い。

だから!!　痛いんだよっっっ!!


「――離せぇっ!!」

バッと勢いよく手を振り払い、椅子を蹴倒しながら立ち上がり、隣の椅子に腰掛けるルークさんを睨みながら見下ろした。

「団長の見た目は確かに好きですよ!! だってあんな格好いいんだもん！ あんな格好いい人他にいます!? いるかぁっ!! あんな爆裂イケメンがホイホイいたらそれだけで世界救われるわ!! イケメンすぎて世界平和だわ！ あんな顔もかっこいいのに身長も高くって体も逞しくて反則だわ！ なんなのあの筋肉！ 大胸筋とかもう完璧すぎると思いません!? 腕も逞しすぎて太くて同じ人間に思えないわ!! なんだあれ！ かっこよすぎ！ かっこよすぎて怖いわ!! 全部が最高級で最高峰だわ!! あんなん好きになるでしょ！ 好きになるなってほうが無理だわっ！ なんなら声だってかっこいいし！ ほんと何なのあの人！ 欠点なくて逆に腹立つ!! ——でも見た目だけじゃないんだよ団長はぁっ!! めっちゃくちゃ優しくて思いやりがあって紳士的で！ ……でもちょっと意地悪なところもあって……そういうとこも私は好きで……と、とにかく!!」

激情に駆られながら手汗が滲む拳を強く握った。

「私が何が言いたいかって言うと！ 仮にウィルが私のこと嫌になって別れたとしても！ ウィルが、世間体のために私と付き合っているんだとしても！ もうウィル以上に好きになれる人なんか現れないんだよ!! ——つまり!! 私がルークさんと付き合うなんてことは絶対にありえないんだよ!!」

はぁっ、はぁっ、はぁっ——

目を丸くしながら私を唖然として見上げるルークさんを、大きく肩で息をしながら見下ろした。

限りなく無音に近い静寂の中、私は自分の荒い息とバクバクとうるさい動悸で、それ以外何の音も聞こえていなかった。

——私に近づく、その人の足音すらも。

「熱烈な告白だな」

「——……へ？」

フワリと体が浮き、思わず逞しい首に腕を回すと、自分が幼子のように片腕で抱かれていることに気がつく。そしてその後、すぐに私の頬に唇が落とされた。

誰かなんて確かめるまでもない。

この腕の逞しさ、この爽やかないい匂い、——私の推しで私の好きな人、ウィルだった。

「なっ……!?　え、なんで!?　なんでここにっ！　え、もしや、今のっ……」

先日、下着姿で彼に跨ったときに見た以上に甘やかで艶然とした表情で私だけを見つめるウィルに「うぐっ！」と変な声を出しながらときめいてしまった。

妖艶なのにこの爽やかな朝が似合うとはどういうこと!?　好き!!

「少し、というかかなり早めに目が覚めてしまったから、君を迎えに行くまで食堂で時間を潰そうと思ってな。そうしたら君がルークに責め立てられているから言葉を挟もうと思った。しかしその矢先、君からの熱烈な告白を受けて、俺は今、無上の喜びを感じているというわけだ」

「うおぉぉぉ……」

あまりの羞恥に声が絞り出すように漏れ出てしまう。

そして目線が高くなったことで気づいたが、ちらほらと人がいる。

どうやら私とルークさんが言い合っている間に来ていたのだろう。この場にいる人全員がこちらを見ている。羞恥に耐えられず、ウィルに抱きついて顔を隠した。

私は人前でなんって恥ずかしいことを口走ってしまったんだ!!

縋るように抱きついていることが嬉しいのか、艶然とした笑みを浮かべて私の短い髪を楽しむように頭を撫でている。

そして頭を撫でることを止めたが、頭を包むように手を置いたまま私達を呆けた様子で見つめていたルークさんを見下ろした。

「ルーク」

数秒前の甘すぎる声とは声帯が違うのではと思うほどに低く冷たい声を出して、凍りつくような眼差しをルークさんに向けた。

「っ……、ッハ！」

「俺の言いたいこと、わかっているな？」

「……っ」

「お前は優秀な男だ。今の彼女の立場も、その彼女に対するお前の不敬も、俺の口から言われずともわかっているだろ？」

「俺はっ！　……俺は、ただ……」

「お前のその想いを消せとまでは言わんし、俺から言われて容易く消せるものでもないだろう。だが俺は彼女を手放すつもりなどないということを覚えておいてほしい」

「俺はっ、……別に、そんなんじゃっ……」

「……そうか。お前の沙汰は後日出す。それまでにお前も頭を冷やしておけ」

「……っ」

ルークさんの声とも言えない声を聞いて、すぐにウィルは出口へ向かった。

周りを凍てつかせるかのような眼差しと声は瞬時に消え去り、胸に顔を埋めている私に甘やかな視線を向けるウィルと食堂を出た。


やってしまった！

やってしまった！　やってしまった！　やってしまった！

なんでこんなド早朝にウィルがいるの⁉　いやさっき理由聞いたけども！

「アユミ」

私のあの怒涛の叫び全部聞かれたの⁉　無理！　死ねる！

しかもチラホラ人もいたよね⁉　あの人達いつからいた⁉　いや待って、食堂のおばさんは絶対聞いてたよね⁉　次からどんな顔してご飯食べにいけばいいの⁉　お弁当作るか⁉　でも冷凍食品なんてこの世界ない！　じゃあ無理！　料理そこまで得意じゃない！

「アユミ」

だぁ～～～！　こんな恥ずかしいことない！　恥ずかしいの最上級！

というか食堂どころか職場にもう行けないよ！　でも異世界だし転職とかできない！　一緒に住むとはいえ職場のウィルが見られなくなるのも無理!!　騎士服着て執務室にいるウィルが見たい!!

「アユミ……」

「ふぎゃぁっ!!」

突如耳に指を入れられ背筋がゾクゾクと粟立ち、逞しい胸に押し付けていた顔を上げながらまったく可愛くない声を上げた。そんな私を先ほど見た甘すぎるような艶然とした表情で見つめるウィルがドアップで視界に入り、また小さく肩をビクッと上げてしまった。

「ウィル……」

「ん、まずは俺達の家に入ろうか」

「へ？」

麗しいご尊顔を見つめていたが、ウィルの目線を追って前を向くと、一昨日来たばかりのウィルの立派な家が目の前に聳《そび》え立っていた。

「え？　なんでもう家に……？　瞬間移動でもしました？」

「ハハッ、生憎俺はそんな高等魔法はできないよ。普通に帰ってきたんだ。アユミはずっと俺にしがみついていたから気づかなかっただけだ」

そう言ってニコニコした表情で私の頭を撫でる。あ、その顔見たことない。笑顔素敵。

……え、ちょっと待って。ということは私こんな抱っこされた状態で街歩いてたの？　いや、正確には歩いたのはウィルだけども。いくら早朝とはいえ絶対何人かに見られたよね？　さらに恥を増やしてどうする自分！

「あ、荷物……」

「あぁ、後で俺が取りにいくよ。鞄は足りたか？」

「え、はい。十分足りました」

「ならよかった。さ、中に入ろう。外は冷える」

「あの、もう下ろしていいですよ……？」

「その提案は呑めないな。休暇中は俺から離れてほしくない」

「は、離れませんよぉ……」

「俺の腕の中にいてほしいんだ。許してくれ」

どうぞどうぞ、許しますとも。――ってそうじゃない！

一人脳内ノリツッコミをしていると、パタンと玄関の扉が閉まったと同時に頬にキスを落とされた。

先日濃厚なキスをしたけれど、ウィルからのスキンシップに慣れず頬を赤くしてしまう。

「可愛らしいな、君は」

「うぅ……。あの、お、重いだろうし、離れないからほんとに下ろしてくれてもいいんですよ？」

「重い？　君がか？　おかしなことを言うんだな。軽すぎて心配なくらいだというのに。それに、いずれにせよ俺達の部屋に行くまで下ろすつもりはないよ」

「つぅう」

長い脚でスタスタと向かったその部屋は、大人四人は余裕で眠れるほどの大きすぎるベッドが中央にドンッと置かれていて、一目で寝室だということがわかった。

ベッド以外にはローテーブルやゆったりと座れるカウチが置いてあり、豪勢だけどもシンプルなセンスの良い部屋だ。

「この扉は俺の私室に続いていて、向こうの扉はアユミの部屋に続いている。そしてここは俺達の寝室だ。夜は必ず一緒に眠ろうな？」

「は、はいっ……」

さっきから言葉の端々で耳にキスされてビクッと反応してしまう。

ウィルがこんなに甘々な人だとは思わなかった。いや全然ウェルカムなんだけども。むしろ嬉しいくらいなんだけども。甘々どんとこいなんだけども。

私を抱えたまま座り心地の良さそうなカウチにウィルがドカッと座った。私はというと、カウチに体を預けることなく、ウィルの膝の上で体を固くして座っている。

先ほど叫んだ羞恥も相俟ってずっと紅潮している私をウィルは恍惚とした顔で見つめてきて、あいも変わらず頬や耳をサワサワと触っている。

何の感触もない緑のピアスを指でなぞるウィルの表情は、早朝には似つかわしくないほどに妖艶だ。

「ルークが再び君に無礼を働いて悪かったな。怖くなかったか？」

「あ、いえ……。最初はちょっと怖かったんですけど途中からなんか腹が立っちゃって……。あ、あの、さ、さっきのって全部、聞いて、ました……？」

「全部ではないな。ルークの手をアユミが勢い良く振りほどいたところからなら全て聞いていた」

それ私が聞かれたくないとこ全部聞いてるってことじゃん!!

「まさか君が俺に対してあのような熱情を持ってくれているとは思わなかった。アユミはどこまでも俺を喜ばせてくれるな」

「いやぁ、あれは、勢いというか……」

「じゃああの言葉は全て虚言だと？」

「いや、本心なんですけど……」

「よかった。俺も君に誓おう。俺は君を世間体のために使うこともなければ、嫌いになることもない。だから君と別れることなど万に一つもありえない。君が言ってくれたように、俺にもアユミ以上に愛せる者など現れないのだから」

「〜〜〜〜ッッ！」

嬉しい。でもやっぱり恥ずかしさが勝つ。だから顔を隠したいのに私の両手はウィルの片手に掴まっている。さらにもう片方の手で、私が俯かないように顎を支えられている。

「本当にアユミは恥ずかしがり屋だな」

「っ、ウィルはいじわるです！」

「今は別にいじわるなどしていないが？　……それに、俺のいじわるなところも好きなのだろう？」

「ぅぐっ」

そうだ、さっきそう言っちゃったよ!!　私のバカァ!!

次々と襲ってくる羞恥に体を震わせていると、ハムッと唇を食まれ、そのまま深い口付けへと変わっていった。

「っふ、……んんっ、ッ……っは……んぁ」

口内を暴れる熱い舌が、戸惑う私の舌を唾液ごと絡め取っていく。

どこに置けばいいかわからない手は、導かれるように指を絡めて繋がれた。自分の手とは大きさも質感もまったく違う手は、いつ触れても男女の差を感じてときめいてしまう。

「ンゥ、ッぁ……」

ジュルリと舌を甘く吸われ、唇が離れた瞬間にチュッ……という水音が微かに鳴った。

鼻先が触れるほどの距離にいる爆裂イケメン彼氏は甘く蕩けるような眼差しで私を見てくれていて、この眼差しは私だけに向けられるものだと思うと甘く胸が苦しい。

「アユミ、今日から五日間、俺とずっとこうして一緒にいてほしい。いいか？」

「はいっ……。え？　五日間？」

「あぁ。花休暇を最長の五日間で取れたんだ。最長とはいえ短いが、邪魔者もなく君とずっと一緒にいられるだなんて夢のようだ」

そう言って楽しそうにチュッ……チュッ……と顔中に唇を落としていく。

甘い。好き！　いやでもちょっと待ってくれ！

「ちょっ、ちょっと待ってください！　花休暇って引っ越しのための休暇って言ってましたよね？

その引っ越しはほぼほぼ終わってるのに、そんな長く休んでいいんですか!?」

「引っ越しはもちろんだが、恋人のための休暇だからな。ずっと一緒に過ごせばいいんだよ」

やっぱり恋愛脳国家なんだ！　こんな爆裂イケメン彼氏とイチャイチャラブラブするために仕事休んでいいなんて！　ありがとうございます!!

ニヤニヤしている私の顔を見てウィルは破顔し、優しく私の頭を引き寄せ口付けを再開した。

甘くも苦しい口付けでじわじわと思考がぼやけてくる。ウィルの舌や唾液には媚薬が入っているのではないだろうかと思うほどにいとも容易く蕩けてしまう。

「ンウッ、っふ……ウィ、ル、んっ……っ……ンぅ」

「アユミ……」

私を呼ぶ声は甘く、まるで耳が溶けてしまいそうだ。

自分でもわかるほど顔が蕩けてしまっていて元に戻せない。不慣れな濃厚なキスをして息が上がる私をウィルが愛おしそうに目を細めて見つめてくれている。

その時、——ピクンッと肩が震えた。

ウィルの大きな手が触れるか触れないかぐらいの優しさで私の胸に触れていた。

「ぁ……」

「アユミ、俺は今すぐ君が欲しい。君はどうだ？」

「え……で、でも朝だし……」

「嫌か？」

「やじゃないです！　ウィルだから嫌なわけないです！　でも……は、初めてだから……ちょっと、こ、怖いです……」

「君を怖がらせることなんて絶対にしないよ」

「ウィルが怖いわけじゃないんですけど……。そ、それに、ウィルのこと、気持ちよくできないかも……」

「ッハハ。心配せずとも俺は君に触れているだけで心地よくなれるよ。……だから触れてもいいか？」

自分よりも圧倒的に強い人が乞うような瞳で見つめてくる。しかもそれが好きな人だなんて抗えるわけがない。

その緑色の瞳を見つめながらコクン、と頷くと、ウィルは嬉しそうに微笑んで、私の腰を引き寄せながら胸を優しく揉み始めた。

服の上からのそれが、むず痒いようなもどかしいような心地で、思わずウィルの服を摘まんだ。

「怖いか？」

「ぅ、ううんっ……っぁ、ウィル……」

胸を揉まれるという初めての感覚にどうしていいのかわからず、紅潮した顔でウィルを見れば、艶然とした表情で私の顔も声も動きも見逃さないとでもいうかのようにこちらを見つめている。

「柔らかいな……」

「ひぁッ！」

胸を揉む力が僅かに強まり、ウィルの大きな手の中で掬い上げられるように歪み、思わず声が上擦った。胸に齎《もたら》される感覚に慣れないまま耳殻をねっとりと舐め上げられ、ゾクゾクとしたものが背筋に迸《ほとばし》った。

「ひゃわっ！　……アッ……み、耳っ……んゃ」

耳に感じる濡れた舌の感覚と、微かな吐息、そして時折聞こえるピチャッという水音が淫靡さをかき立てる。それと同時に胸を刺激され、すでに溶けていた私の思考も理性もさらにドロドロに溶けてしまう。

「っ、ウィル……ぁっ……ン」

「アユミの耳は本当に可愛くて堪らないな……。小さくて赤くて柔らかい、そして貝殻のように丸くて薄い。耳の穴は小さくていじらしいな……」

「やぁ、ウィルがっ、耳ばっか……ぃ、いじる、からぁ……わ、私っ」

「ん？　俺が耳をいじるから、どうした？」

少し揶揄《からか》うような声が耳の穴に直接吹き込まれ、それによってまたピクッと肩が上擦った。

「み、耳……よ、弱くなっ……ンッ……っ……ゃ、やぁ……」

「それは光栄なことだな。もっと可愛がってやらないと」

「ち、ちがうぅ……！」

「ハハッ、……あぁ、困ったな」

「……っ？」

困った、という言葉に反してウィルの顔は恍惚と笑んでいる。

本当は〝困っている〟のではなくて〝愉しんでいる〟のだろうと思うと、その嗜虐心に下腹部がキュゥと締まった。

「アユミの吐く息すら、誰にも奪われたくない……」

耳への愛撫が止まらない。

ウィルは耳殻を執拗に舐めた後、優しく歯を立てて耳殻すべてを噛み愛していく。

いつの間にか服をたくしあげられ、下着の上から胸を揉まれていた。すると下着越しでもわかるほど固くなった突起を摘まれてピクッと体が震えた。

「ッハ、ァ……んっ……ウィ、ルぅ……ッ」

「アユミ、こっちを向いて」

ポーッとした頭に直接響かせるかのような甘い低声が耳元で囁き、ぼやけた頭でウィルの顔を見ようとしたが、その前に唇を貪られる。

耳に残るヒヤリと湿った感触にすら下腹部が疼いてしまう。それが恥ずかしいし気づかれたくなくて必死に私からも舌を絡めると、ウィルは嬉しそうに舌を絡ませてきて、本当に吐息すらも奪われるほどだった。

濃厚で喰われるようなキスも。

強く引き寄せる力強さも。

膝の上に座っているこの距離も。

胸を揉まれ突起を摘まれることも。

耳に残る愛撫の余韻も。

――……すべてが私を酩酊させる。

引き返したいなんて露ほども思っていないけど、このままウィルに呑み込まれてしまうことに甘美な恐怖を感じてしまう。

「ンンゥ、……っ……ふぅ、ん……もぅ、だ……、だめっ……」

「……あぁ、確かにダメだな」

あっさりと唇を離したかと思うと、また幼子のようにヒョイッと私を抱きかかえた。

「ぅわぁっ!!」

「きちんとベッドの上でないとな。君の初めてなのだから」

「え、ま、待って！　ほんとに今からするんですか!?」

「今すぐ君が欲しいと言ったはずだが？　もう僅かな時間すら待てない」

「でも、まだ朝ですよ……？　それに、す、する前にシャワーとか浴びるんでしょ？」

「案ずるな。俺は今日朝一番に入浴済みだ」

「いや、ウィルじゃなくて私は入ってないです！　昨日の夜から入ってないです！」

「昨日の夜入ったのならいいじゃないか。君の体は綺麗だよ」

ポスンッと先ほどのカウチよりも柔らかいものの上に寝かされた。

そのままウィルが上に覆い被さってくる。綺麗な緑の目は艶然と私を見下ろし、自分の瞳の色が光る私の両方の耳をサワサワと擦る。

「ヒャウッ……」

「本当に耳が弱いな。可愛い」

「だから、ウィルのせい、ですもん……」

「そう、俺のせいだ。君の耳が感じやすいのは。俺が君をそのようにしたんだ。ほら、口を開いて」

両耳全体を優しく触れたり、耳朶を指で挟んだり、耳の襞《ひだ》をくすぐるように指でいじられる。その全てがくすぐったくて、触れられているのは耳だけなのに、背中や下腹部がゾクゾクと疼く。

だがウィルはそのゾクゾクに専念させてくれず、僅かばかり開いた私の口内に舌をねじこみ、縦横無尽に舌を蠢かせていく。

「ンンッ……ふ、っぁ……んぁ、ひっ、んぅ……ッ」

上から襲ってくるウィルの舌は上顎や舌裏まで舐め取り、私の舌を吸い上げながら扱いていく。

それはまるで抽挿かのようで、このキス自体が性交であるかのように私に錯覚させていく。

ウィルの体がほどよく重くて、それが心地いい。きっと私を潰さないように少し体を浮かせているのだろう。でももっと体を乗せてほしい。もっとくっつきたい。もっと触れたい。……もっとウィルを感じたい。

濃厚すぎるキスを享受して蕩ける頭でそう思っていると、キスが止んで、ウィルが唇についたどちらかわからない唾液をペロリと舐めながらゆっくりと起き上がった。

寝そべる私を跨ぎ、朝日に照らされながら見下ろす緑色の瞳が情欲で熱く濡れている。

――……その目を見て子宮が疼いた。

「あぁ……服が邪魔だ……」

艶冶《えんや》な姿でそう呟いたウィルが、もどかしげに自身の服を脱ぎ始めた。

今、目の前にあるこれは、何……？

御神体？　御本尊？　美の化身？　人類の奇跡？

とにかくわからないけど尊すぎるから拝んでおこう。合掌！

服を脱ぐという日常的な仕草までもが雄々しくて艶めかしく見惚れていると、服の下から現れたウィルの体を見て思わず生唾を飲んだ。

盛りあがった大胸筋、割れた腹筋、広い肩幅、太く逞しい腕。

そのすべてが素晴らしすぎて、ウィルの体を余すことなく、舐め回すように見つめた。

な、生雄っぱい……。すごい、ムキムキすぎてすごい……。え、なにこれ。男女の差はあるけど同じ人間なの……？　芸術品ですか？　乳首すら尊いんですけど……。お腹すっごい割れてる……。シックスパックというかエイトパックではないだろうか。そんなことありえる？　かっこいい……。どうしよう、かっこよすぎてちょっと泣きそう……

「俺の体に何かついているか？」

「えっ!!　い、いや、な、なにも!!」

強いて言うならば素晴らしい筋肉がついておりますけども！

自分でも見つめすぎているとわかってはいるけどどうしても目が離せない。だけどウィルはそんな私の気持ち悪い視線も嬉しそうに受け止めていた。

「存分に見て、触っていいんだぞ。君は俺の体が好きなのだろう？」

「なっ!!　え、な、なんで私がウィルの体が好きなことを知って……」

え？　ちょっと待って。触っていいんですか？　思う存分？

下心がニョキっと出てきたが、まだこんなはしたない気持ちを伝えることは処女の私には憚られる。

「先ほど言っていたろう？　最高級で最高峰と」

「あっ！　あれはお忘れくださいぃっ……！」

「それは無理だな。あんな嬉しい熱烈な告白を忘れるだなんてできない。仕事のためにと無駄に鍛えあげてきたが、君が好きだと言うのなら今までの努力も報われる」

「〜〜〜〜っ」

「あぁ、普段アユミが俺の胸元ばかり見つめていたのは俺の筋肉を見ていたってことか？」

「うぐっ！」

バレてた……

私がウィルの胸筋ばっかり見ていたことバレてたのか……

「では俺にも君の体を見せてくれ。ほら、腕を上げて？」

私をバンザイさせたウィルにスポッと服を脱がされ、あっという間に下着のみになった。ちなみにきちんと勝負下着だ。

「今日はピンクか。これも俺に見せるために着けてくれたのか……？」

「っ、ピ、ピンクもいい、って言ってくれたから……」

「あぁ……想像以上だな。たまらない……」

ウィルがゆったりと官能的に私の下着姿を見つめる。

私自身も、自分を熱く見つめる艶麗な体を持つ爆裂イケメンを見つめて、自分の熱が高まっていくことを感じる。

目線を向けることは躊躇《ためら》われるが、ウィルのソコがテントを張ったかのように大きくボトムスを押し上げている。そのことに気がついて、際限なく熱が高まった。

——……私を見て興奮してくれてるんだ。

もはや目が釘付けになってしまっていると、ウィルは恥ずかし気もなく艶美に微笑み、私の頬を優しく撫でた。

「そんなに熱く見つめられてしまうと、抑えが利かなくなって乱暴してしまいそうだな」

「ご、ごめんなさいっ！　……なんかもう、いろいろ、全部がかっこよくて……」

私の言葉にフッと笑ったウィルがゆっくりと覆い被さって、そのまま耳に向かい、耳朶を軽く甘噛みしてきた。

「ヒャワッ！」

歯を優しく立てながら耳朶を扱き、耳丘を一筋一筋丹念に舐めあげていく。

すぐそこで、というよりゼロ距離でピチャピチャと水音が聞こえる。その水音も、熱く濡れた舌も全てが私を犯して、ドロドロと何かが零れていくような感覚に陥らせる。

その感覚に思わずウィルを退かそうとその熱くて厚い体を押すが、わかっていたけどビクともしない。

変わらず舌端で耳丘を舐めながら、その大きい手がまたゆっくりと私の胸へと伸びてきて、優しくもしっかりと揉み上げていく。

「アァッ……っん！　……っは、ぁ……ぅん、……っだ、だめ……」

「ん……？　何がだめ？」

「〜〜っ……ンッ……み、耳……そぅ、されるとっ……ッ……ゾクゾクって、しちゃぅっ……からぁ」

「じゃあ続ける」

「——ヒャアッ!!」

その『続ける』という言葉を皮切りに、ウィルの舌全体がレロッと耳全体を舐めた。大きな手が下着をグッと持ち上げ、乳房全体が直接揉まれていく。

ずらされた下着はその拍子にフロントホックが外れ、容易く双丘がまろびでた。

先ほどまでの優しい手つきとは違って、武骨な大きい手が私の胸を形が歪むほどに強く、でも痛くない力で揉みしだく。

初めて直接齎《もたら》されるその刺激と、相も変わらぬ耳の刺激でクラクラして、私はただ声を上げることしかできないでいる。

「あ、……ひゃんっ……ぁ、ぅんん……」

「可愛いよ、アユミ……」

「ツッ、ぁっ……」

すぐ耳元で言うその言葉がまるで魔法かのように、私を痺れさせる。また下腹がトロリ、トロリと雫を零す感覚がする。履いているショーツのクロッチ部分が熱くて、冷たい。

疼くそこに気づかれたくない。

……なのに、触ってほしい……――

スルリと私の首の下にウィルの腕が通って、腕枕をしてくれるような形となった。

だが、首を通っているのは上腕ではなくて前腕だ。本来であればその感動するほどの腕の逞しさを楽しみたいのだが、与えられる快感に圧されてしまいよくわからない。

――が、その瞬間に舐められていないほうの耳がザワリとした。

「――ひやぅっ!!」

とうとう両耳が一気に弄られた。

片方は変わらずウィルの舌で、もう片方は武骨な指。ふたつが耳殻を擦り、そして胸を揉むことも忘れない。

両耳から齎《もたら》される快感が強くなり、触られれば触られるほどに神経が、感覚が研ぎ澄まされていく。

「アッ！　……ゃあ、ウィ、ル！　……両方っ、だめぇ……ッ、……ッアァ！」

クニュッと乳頭が潰された。

ウィルの大きな手が一気に両方の乳首を転がしながら押し潰し、弄っていく。

両胸の先にある元々敏感な部分と、ウィルによって敏感に仕立て上げられた両耳。四つ一気に与えられる刺激で、津々と溢れる自身のナニカに溺れていきそうだ。

「ヒァッ……ッン、く……アァッ」

ジクジクと、子宮に熱が集まっていくのがわかる。

意図せず膝が曲がる。体を縮こませ、与えられた快感に僅かに抗うように爪先を丸めた。何かに縋りたくてギュッと握ったのは、シーツと私の胸を弄るウィルの腕。

「ウィルッ……ウィ、ル……っあ、ぁ……んっ、く……ハァア」

スルリと耳から顔が離れる。またピクピクと震えながら横たわっている私を見つめゆっくりと起き上がり、自身の口元についた唾液を親指で妖艶に拭った。

フロントホックが外れたブラを取られ、身につけているのはショーツだけの私を貫くように視姦する。堪らず手で胸を隠そうとしたがあっさりとその手を捕まれ、指を絡めてベッドに縫い付けられる。

「あっ、ゃあ……み、見ちゃっ……ゃだぁ」

「初めに見せてくれたときから思っていたが、アユミは結構胸が大きいな……。騎士服は厚手だから普段の姿からはわかりづらいが。他の奴は君がこんなに柔らかいものを持ってることを知らないと思うと堪らないな」

「は、恥ずかしい、から……」

「胸の飾りは少々小さいな。……可愛らしい」

「――ックン！」

ピンッと乳首を弾かれて寝そべる体が跳ねる。

そんな私のことをウィルの目が愉しげにねっとりと見つめていて、それだけでゾクゾクする。

「普段は淑やかに業務をしている君がこんな扇情的な体を持っているとはな」

「やぁっ……ほんと、見ないでっ」

「アユミを見るな、だなんて無理な話だ。全てを愛したくて、五日間ではとても足りそうにないな」

「ふぇえ……？」

足りるよ。五日間で足りるよ。むしろ多いよ。

というかこの人、もしや私のことを恥ずかしがらせようとしてる？　だからエッチなことを言ってくるの？

そうですよ。恥ずかしいですよ！　……でもウィルに恥ずかしいこと言われて興奮してる自分がいるよー！　私ってMなのかな……？　そして意地悪なことを言われて興奮してしまっているのをウィルに知られてしまっていることがさらに恥ずかしいよー!!

私の体をじっくりと見つめて満足したのか、今度は乳首を舐《ねぶ》り始めた。そこを熱い口内に含んだかと思えば、舌全体を使ってねっとりと粘っこく弄る。

「ヒゥッ!!　……っは、ぁあ、……んんっ……や、あん」

繋がれた手が離れたので、胸元を貪る綺麗な黒髪に抱きついた。そんな快感に悶える私を嘲笑うようにウィルはもう片方に標的を移す。濡れた乳首は指で弄ばれ、空いている手はゆっくりと腹を擦っている。強烈な乳首への刺激と優しくてくすぐったい腹の感触に身を捩っても、逞しいその体の持ち主は許してくれない。

「ンンゥッ……っ、……ぅ、んっ……〜〜〜っ」

「アユミ、声、我慢しているのか？」

「だっ、て……か、勝手に、声……、出ちゃ……」

「いいよ。声、もっと出して？」

優しい声色で強く命令するその人に抗えない。でも羞恥がどうしても勝ってしまい、声を我慢してしまう。

「君が俺に感じてくれていると思うと嬉しいんだ。……な？　俺のために声は我慢しないでくれ」

「ウィルの、ため……」

「あぁ」

優しく笑むウィルを見て、「ズルい」と密かに思う。

だって、そう言われると声を抑えることができなくなる。

意図せず普段とまったく違う声色が出てしまうことを好きな人が喜んでいるというだけで、嬉しくて胸を締めつけられてしまう。

……好き。

その想いが溢れて止まらない……――

舐められすぎて胸の先端が作り変えられたかのように敏感になった頃に、ウィルはやっと顔を離した。

そして互いの肌の熱を教え合うように覆い被さり、私の頬を優しく押さえて唇を落とした。

「っふぅ、むっんん……ッフ、……はぁ……んッ」

胸に、お腹に、腕に、ウィルの体がぴたりと触れている。

そこからジュワッと与えられる体温がたまらなく気持ちが良い。

汗で僅かに湿った肌は、お互いの肌に吸いつくように密着し合う。まるで肌自身が相手を欲しているかのようだ。

キスを受けるために閉じていた目をゆっくり開けると、スルリと眦《まなじり》から雫が横に零れた。それは頬を支えてくれているウィルの指を微かに濡らす。できあがった涙筋を優しくウィルの親指で拭ってくれた。

「ウィル……」

「まだ、怖いか……?」

「え……？」

ウィルが優しく、甘く、包み込むような言葉を私に置いた。

それで、初めに言った私の「怖い」という言葉を、彼が少しずつ少しずつ消していってくれていたのだと気がついた。

執拗な愛撫によって蕩けた頭と体は、すでにウィルが欲しくてたまらなくなっている。

私を艶然と見たウィルの剛直は痛そうなほどに熱《いき》り立っていたというのに、自身の情欲を置いて、私の体を、心を解してくれていた。

嬉しい……嬉しい……

好き、大好き……

この人に、もっと触れたい。

……もっと触れてほしい。

「もう怖くないよ、あなたが欲しいよ」と言いたいのに、涙で喉がつっかえて声が出ない。

かわりにフルフルと頭を振ると、安堵したかのような優しい笑みを見せてから、また優しく触れるだけのキスを落としてくれた。

唇がふにっと押されるだけのキスですらこんなにも気持ちいいなんて知らなかった。

舌を絡ませない、唇の柔らかさだけを楽しむキスが気持ちよくて、優しくて、嬉しい。

大きくて逞しくて武骨なウィルがこんなに優しい児戯のようなキスをしてくれることが本当に嬉しくて、涙がまた静かに眦《まなじり》から流れ、再びウィルの長くて太い指先を湿らせた。

「んぁっ！　――ウンンッ⁉」

児戯のようなキスに酔いしれていると、突然ショーツ越しに秘部を突かれた。思わず口を開いて声を上げると、熱い舌がねじ込まれ、唾液すら掬い取るようなキスをされる。

秘部をつついた指は、ショーツの湿り気を確かめるようにゆっくりと割れ目を上下していく。

「つんん、……っふ、ぅ……ッン、ク」

秘部に触れることに対する私の反応を見て怖がっていないことを確認したのか、もう一度児戯のキスをした後、垂れた黒髪を掻き上げながらゆっくりと顔を離した。

だが秘部に触れている指は離れない。

「濡れてる……」

「っ！」

「わかる？　ほら、ここ」

「ひぁっ……！」

自分から出た粘液で冷たくなったショーツを割れ目に押しつけられ、全身の血管が太くなったのかと思うほどに熱が高まった。そしてそれに反応する私を熱く見つめるその視線に甘やかに締め付けられてしまう。

こんな私を見られたくないのに……、ウィルに見られることが恥ずかしくて、……でも、それが気持ちいい。

「――っ⁉」

グイッと優しく腰を持ち上げられたかと思うと、ショーツをスルリと取られてしまった。力が入らない私は抗うことすらできず、されるがまま。

すると近くにあったクッションが私の腰の下に置かれた。

一糸纏わぬ姿になったことを恥じるより前に膝を持たれ、濡れた秘部がウィルに丸見えの恰好にされてしまった。腰下にクッションがあることで、より割れ目が上向きになってしまっている。

「待っ！　……てぇ……！　こ、これは、恥ずかしすぎますっ！」

「こうしたほうが見えやすいし、愛しやすい。あぁ……ここもとても可愛らしい」

一番見られたくないところを恍惚と見ながらウィルが答えた。

脚はウィルの体のせいで閉じられない。両手でソコを隠そうとするとその手を優しく取られ、艶めかしい動きで指を絡められて繋がれ、甘い拘束をされてしまった。

秘部を近い距離で覗く好きな人を見て、羞恥を感じると同時にそこからドロリと何かが零れた。

そしてその様をウィルがさらなる恍惚とした表情で見ている。

先ほど食堂で叫んでしまったものとは種類の違う、未だかつて経験したことがないような含羞に、涙を多量に含んだ瞳で「もうやめて」という思いを込めてウィルを見ても、その艶然とした表情は変わらない。懇願する私の瞳を見つめながら、ゆっくりと秘部に顔を近づける。

「ま、ま……まって、ぅ、うそっ……ウィ、ル、ゃ、　……だめっ……ャアッ」

「指よりも舌のほうがきっと解れやすくなる」

「ヒャアアアァアッ！」

パクリと秘蕾を口に含み、わざとジュルジュルジュルッと音を出して、一気に敏感すぎるところに極熱を与えられた。

熱い舌が絶え間なく蠢き、その強すぎる快感に、思わず繋ぐ手に力を込めて脚を閉じそうになってしまう。だけどウィルによって手も脚も自由に動かせず、今、私にできることはピクピクと体を震わせることと、あられもない嬌声を上げることだけだ。

「ウィッ！　るぅぅ！　……っゃ、あ……、〜〜〜ッッ！！　だ、だめっ……ゃ、ッ、……ン……お、おね、がいぃぃっ……そ、そこ……っゃあ……！」

「ぷっくり膨れてて可愛い……」

「っふわぁあっ……！」

一旦舌技を止め、そこから顔を離さずにウィルが言い、間髪を入れずに再開する。

美麗で少し嗜虐的な笑みが自分の秘部の近くにいるというその事実に、堪らないほどの羞恥と認めたくない興奮が混ざっていた。

感じたことのない、確かに〝快感〟といえる感覚が自分の秘部から体中を駆け巡る。

そしてそれが大好きな人の舌から齎《もたら》されている事実を未だに受け止められない。

「ぁ……ツア……うぃ、ウィルッ……そこ、ダメぇ、……きっ、きたなっ、からぁ……！」

秘部に顔を埋めたまま、ウィルの舌は止まらない。

「お、お風呂、入って、ない……から、だめぇっ……」

「昨日の夜に入ったと言っていたろう？　それにどのみち俺は気にしない」

「や、やだぁ……ウィルに、汚い、とこ、……み、見られたく、……ないぃ」

「心配せずとも汚くないし、誓って汚いと思っていない。むしろ愛おしすぎて自分の欲を抑えることが難しいほどだ」

「……ッ」

秘部から僅かに顔を離し、内腿に舌を這わせながら流し目で私を見つめてそう断言され、痛いほど胸が締め付けられた。

自分の見られたくないところ、汚いところを文字通り味わってくれることが嬉しい、だけどやっぱり恥ずかしい。それなのに抗えない快感が襲って、それを認めることがまた恥ずかしい。

「アユミが本当に嫌がったり怖がっていたら、俺はすぐに止める。だがそのようには見えないな。君の甘い声が漏れてしまっているほどには感じてくれていて嬉しいよ」

「――――〜〜ッ」

「なぁ、アユミ。舐められるの、本当に嫌か？」

「ぅあっ……」

思考を見透かすように、秘部に顔を埋めたままウィルが上目遣いで見つめて答えを急かしてくる。

あぁ……抗えない。

その淫欲に濡れた緑色の瞳に呑み込まれてしまう。

「や……じゃ、ない……」

「やじゃない……だけ？」

「なっ……！」

「俺にちゃんと教えて？　初めてのアユミが気持ちよくなっているか不安なんだ」

私の様子を隈なく見つめるウィルが、私の気持ちがわからないはずがない。

私のすべてをわかっているくせに、あえて言葉を言わせるウィルはいじわるだ。だけどそんなところも好きだと思う私も大概だ。

「も……もっ、と……な、舐め……て？」

「いいのか？　もっと舐めて、もっと触って、じっくりと見ても」

「うぅ……ぅん」

「よかった。君がそこまで望んでくれるのなら存分に君を愛し、舐めてあげよう」

「ウィルのいじわる……」

「恥ずかしがる君があまりに可愛いからいけないんだ」

再度秘部に顔を埋めたウィルは秘蕾を舌で愛し、甲高く声を上げることしかできない私を時折見据えながらしゃぶりつく。

ぷっくりと膨れたソコを満足気に見たウィルは標的を移し、今度は愛液に塗れた秘部をレロッと舐めてから、ナカにその熱い舌をグッと挿し込んだ。

「――ッンア!?」

何をされたのか理解ができなくて一拍反応が遅れたが、自分の内臓を直接舐められる感覚に言いようのない気持ちに襲われ、繋ぐ手にさらに力を込めた。

「〜〜〜〜ッッ!!　……ウィル！　……っやあ……アッ、あぁっ、んァ！」

「こっちのほうが好きそうだな」

舌の動きは止まらない。

「ぁっ、ッへ……、変にっ……なるっ！　……そこっ、へ、変に……なるからぁっ！　……ッヒぐ！」

「いいよ。俺で変になるアユミを、俺に見せてくれ」

秘部に舌を挿し込み、とめどなく溢れてくる愛液を外に漏らさないと確固たる決意をしているかのように――ジュルジュルジュルッと音を出して蜜を絡め取っていく。

それだけでも苦しいほどの快楽にクラクラしているのに、私と繋いだままの手の親指で秘蕾を優しく押し潰してきた。

「んあぁぁっっ!!」

攣りそうなほど爪先を丸め、強すぎた感覚の余韻に耐えながらピクピクと体を震わせる。

「アユミ、手を離してもいいか？」

蕩けた頭にその低く甘い声はひどく響く。

勝手に離せばいいものを、私があまりに強く手を握るからか、低声が優しく優しく私に問いかけた。

「っ……ゃ、やぁ……」

このわけのわからない感覚を与えられる中、ウィルの手を離すことに言いようのない不安が襲い、否定の言葉と共にフルフルと頭を振った。

幼子のような情けない私を愛おしそうに見つめたウィルは「……堪らないな。では片方だけ繋いでいるのはどうだ？」と優しく再度問いかけた。

片手が離れる不安もあるけど、繋いでくれているのなら……と思って小さく頷くと、「良い子だ」と言って私の左手の甲を唇で食んでからスルリと離れた。

私から解放されたウィルの右手が濡れた秘部にそっと触れ、クププ……と私のナカに長い指がゆっくりと埋め込まれていく。

「――っはぅ……ッヒ、……ぅう」

「力、抜けるか？　息はちゃんと吐いて」

「待っ……っふ、ぅ……」

「あぁ、ちゃんと待つよ。怖がらなくていい」

また優しい声が響き、私のナカに入った指は一旦侵入を止める。繋いでいる手の甲や、内ももに優しいキスを落とし、私が落ち着いた頃にまたゆっくりと指を滑らせていく。

ウィルの指がとてつもなく長いものに思えて、まだなのか、まだなのか、と思いながらもどんどん自分のナカに入ってくる感覚に蜜が溢れた。

「ウィル、ウィルッ……」

「ん？　痛いか？　……それとも怖い？」

「ご、ごめん、ね……ウィルのこと、き、気持ちよく……できて、ない……私、ばっかり……」

私だけが快感を享受し、ウィルに奉仕させていることに気がつき、指を受け入れたまま謝った。

だけどウィルは「ハハッ」と小さく笑ってまた愛おしそうに私を見た。

「最初に言ったろう。俺は君に触れるだけで心地良い。俺が与える全てにこんなに可愛らしく反応をしてくれるだけでも満たされる。嘘じゃないよ、本当に満たされるんだ」

「……っ」

「アユミは本当に優しいな。初めてで不安だろうに、俺のことを考えてくれるだなんて。アユミ、俺のことを思ってくれるならば、俺が与えること全てを受け入れてほしい。……できるか？」

「うん……」

そう言うと、ウィルは嬉しそうに艶麗に笑って秘蕾に唇を落とした。

「アユミの甘い声も、羞恥に濡れたその表情も、溢れる芳しい蜜も、紅く染まった白磁の柔肌も、全てが可愛くて気持ちよくて愛おしくて……堪らない」

——……自分は、この人にこんなにも愛されるほどの人間なのだろうか……

だけどこの人をもう手放せない。誰がなんと言おうと手放せない。

ウィルが私をいらないと、そう言わない限り、私はこの人から離れることなど絶対にできない。

誰にも渡したくない。

私はきっと、この人に出会うためにこの世界に来たんだ。そう確信できた。

またゆっくりと動き始めた指はすぐに侵入を止めた。そこがウィルの指の根本らしい。

そこからトントンとお腹側の膣壁を撫でるように刺激する。

「ンアァッ！」

「アユミに出会わなければ、俺はこんな気持ちを知らないまま生きていただろう。アユミ、俺にこの気持ちを教えてくれてありがとう。……俺にこんな幸福をくれた君を愛しているよ」

「――……っ」

私も同じ想いだと伝えたいのに……

その言葉に、気持ちに、ちゃんと応えたいのに、甘やかな暴力的快感が体を駆け巡って言葉が紡げない。

ウィルは初めから私の答えを聞くつもりがないようで、蜜が溢れ、滑りが良くなった指をゆっくりと抽挿し始めた。

初めてナカを擦られる感覚が否定できない快感を次々と齎《もたら》し、秘部から――チュポッ、クチュッと耳を塞ぎたくなるようないやらしい水音が聞こえてくる。

指一本をあそこまで時間をかけて受け入れた私の膣は、ウィルの指一本分に広がったのか、それとも十全に潤っているためなのか、優しくもどこか激しい指の抽挿を容易く受け入れ始め、すぐにその太く長い指をさらに何本か受け入れた。

「ぁん、ん゛、っ、……ハッ、っ、……あ、ゃ、ッッ！　――ッヒャアァ!!」

指の動きを止めないままウィルが再度秘蕾を口に含んだ。

その瞬間、ギュゥと体の中心を握りしめられたような感覚に、ナカに入るウィルの指を強く強く締め付けた。

「――ヒグゥッ！　……あっ、んん、ッフ……ッン、っんぁ！　……っはぁ」

クチュッ、グポッ、ッチュ……

先ほど慎重に慎重を重ねて侵入したことが嘘のように、蜜道はウィルの長い指を難なく受け入れる。引き抜かれることを嫌がるかのように膣を締め、受け入れることを歓喜するかのように膣をまた締める。その間ウィルの舌は秘蕾を愛し、時折繋いでいる私の右手を食み、内ももの柔い肉の部分を吸い上げ、赤い印を作っていく。

なにか、大きなものがすぐそこに迫ってる……――

手に落とされる優しい口付けにすらピクッと反応してしまう私の体は、一体どうしてしまったのだろうか。あまりの快楽に大海原に一人取り残されたような不安を感じる。その快楽を与える張本人と繋ぐ手が唯一の頼りのようだ。

その手をもっと強く繋ぎたいのに、手に力が入らない。

それなのに、ウィルが愛してくれる蜜道だけは力強く指を締め付けていく。

自分の内側からジワリジワリと何かが生まれて膨らみ続け、今にも弾けそうな気がする。

そして、それが弾けてしまうことが恐ろしいのに、このまま弾けてしまいたいとも思う。相反する思いは快感とともに交互に押し寄せてくる。

「ウィルッ……！　もっ、ダメッ、……ん、ひぅ、……な、なにかっ……ア、……き、きちゃっ……つきちゃうぅっ……！」

あっ……もぅ、ほんとにっ……だめっ……

——そう思った瞬間に、ガバッとウィルが私を覆った。

繋いでいた手は曲げられベッドに縫い付けられた。が、ウィルのもう片方の手の指は私のナカにずっぽりと入ったまま。

指の動きが止まり、すぐそこまで来ていた大きすぎる快感に一拍置かれる。喪失感を覚えたその瞬間に、ウィルの熱く湿った舌がズポッと耳にねじ込まれた。

「——キャァッ！」

驚く私をそのままにナカに入った指が動きを再開する。ソコから齎《もたら》される快楽と耳から来る淫楽に、全身の筋肉が収縮した。

目を瞑り、ウィルの手をまたギュッと握り、爪先でシーツを蹴って、ナカにいるウィルの指を全力で締め上げてほんの僅かの間耐える。

——だが、耳からの快感にはどこに力を入れていいかわからず、その舌が齎《もたら》す快楽の波を全て受け入れる。

「ヒッ！　ぁ……待っ、……っ！　あっ、あっ……ィッ、イッちゃぁあ……っ」

「……イッて？」

その艶に塗れた声が〝決め手〟と言っていい。

突き抜けることを許可された瞬間、ナカをかき混ぜる指の動きが速まり、喰われると思うほど耳も首も髪すらも舌で強く舐られ、だけど繋ぐ手だけがひどく優しい。

「――～～～ンァアッツ……!!」


自分が今、どこにいるのかさえ、わからない。

わかるのは、ウィルと手を繋いでいることだけ。

――それだけだ。


……余韻すらも気持ちが良い。

ナカにいる指は動いていないのに、「ソコにいる」というだけで気持ちが良い。その余韻を邪魔するかのようにウィルは耳を舐め続けてくる。そこから齎《もたら》される熱いゾクゾクとした感覚のせいで弓なりの背中が直らない。

「ハッ……ぁ、っ……うぃ、る……っは、ぅ……っ」

スリッと優しく歯を立てて耳朶を扱いたあと、ウィルが静かに離れた。

唾液に濡れるヒヤッとした快感でまたキュンッとナカが締まり、「んっ」と声が出て、繋いだ手に力がこもる。

浅い呼吸を繰り返しながらも、涙で滲んだ視界には、私を愛おしそうに見つめる好きな人が至近距離で甘やかに微笑んでいる。

「可愛くイケて、アユミは良い子だな」

「いい……子……？」

「あぁ、耳、気持ちよかったか？」

――耳……？


今のは耳からの、気持ちよさだったっけ……？

あぁ、でも耳、舐められてイッちゃったんだ……

そっか……、耳、気持ちよかったんだ……

耳が気持ちいいから、イッちゃったんだ……

耳、舐められると、気持ちが良いんだ……

好き……

ウィルに耳、舐められるの、好き……


「き、きもち……かっ……た……」

「そうか。アユミは俺に耳を舐められるのが好きなんだな」

「ん……好き……」

酩酊する頭でウィルの言葉を繰り返すと、自分が放った言葉が自分の脳裏にじわじわと侵食して染み込んでいく。

「アユミ、もう一回、イこうか」

「ん……イ、イキた、い……」

「今の感覚をもう一回、感じたい？」

「か……感じ、たい……」

「ん。可愛い。ほら、舌出して」

口を開けて、言われた通り舌を出そうとしたが、力が入らずうまく出せない。だがそんなことはお構いなしに口内にウィルの舌がねじ込まれた。私の舌を引っこ抜こうと思っているのかとさえ感じるほどに絡みつく舌のせいで、いとも容易く口端から雫が漏れる。

私の右手とウィルの左手は繋がれたまま。互いを離さないとでもいうかのように強く繋がれ、指を絡ませている。じんわりと手に汗が滲む。

……この汗は私のものか。ウィルのものか。

自分のものなら拭いたい。でもウィルのものなら愛おしい。

舌と手から伝わる熱に浮かされるような思いでいると、下からピチャピチャッという音がするのに気づいた。

刹那、少し落ち着きが戻った秘部からまた絞り上げるような快感がやってきた。

「んんっ、ンッ！　……っぷはっ！　アアッ！　……ひゃウ！　待っ、……またイッ、イイッちゃうからぁっっ……！」

「いいんだよ。アユミがイキたいと言ったろう？」

口から離れたウィルの舌はまた飽くことなく耳に向かい、甘い低声がすぐそこで囁く。

自由になった私の口からはあられもない嬌声が溢れ、ウィルの指をズッポリと咥えた秘部から、チャプチャプという擬音をつけてもいいような確かな水音が部屋に響いている。

――あ、もう来ちゃう……イッたばかりなのに、もう、来ちゃう……。気持ちよくて、気持ちよすぎて、もうわかんな……

「あああぁっっ！　イ！　……イっちゃ……イィッ、〜〜っっ‼」

それまで無意識に抑え込んでいた感覚が、耐えきれないとばかりに蓋を開け、濁流のように自分の体の隅々まで駆け巡り爆ぜていく。

そんな強烈な快感に視界が白んだ……――


「はっ……はっ……はぁっ……はぁ……はぁぁ……」

白んだ意識が冴えていく。

全力で駆け抜けたように荒い息をしていることにまず気がついた。

その直後、スルッと眦《まなじり》から涙が零れ落ちた。……いや落ちそうになった。

その雫は、私を愛おしそうに見るその人によって、優しく優しく吸われていった。

「アユミ」

低声がポトリと落ちるように私を呼ぶ。

すぐ近くに聞こえたその声のほうを向くと、繋いだ手に自身の唇を押し付けながら私を見つめていた。

「ウィ……ル……」

「大丈夫？」

「ん、へーき……」

そう答えるとさらに微笑みを深め、私の手から唇を離し、スッと触れるだけのキスを唇に落とした。

体が言うことを聞かず、瞼を閉じることでキスを受け入れた。

「アユミ、俺を、受け入れてくれるか？」

「うん……。がんばる……」

「フフッ。そうか、頑張ってくれるか。ありがとう」

「ウィル……」

「ん？　どうした？」

「手、離すのは……やだ」

私の幼気な要望に、ウィルは喜色を増して微笑んだ。

情けないことはわかってる。それでも、情けないと、子どもっぽいと思われても手を離したくない。そう思った。

「あぁ。君が少しでも安心してくれるなら、ずっと離さないよ」

「痛くても、がんばるね……。ウィルに、気持ちよく、なってほしい、から……」

「俺のことなど気にしてくれなくても、十二分に心地よいというのに。……本当に、君は愛おしいな」

そう言ってぐったりしている私の頬に軽いキスをすると、サイドテーブルに置かれていた水差しからコップに水を注ぎ、一気に呷《あお》ってすぐに私にキスをした。

「ンッ、く……」

途端、口内に溢れた水を反射的に飲み込んだが、案の定、口端から水が漏れてしまった。

含んだ水はすべて私に注がれていたわけではなかったらしく、ウィルは口内に水の残りと小さな錠剤を入れ、すぐに飲み込んでから私の口元を優しく拭ってくれた。

「く、すり……？」

「あぁ、避妊薬だ」

「男の人が飲むの……？」

「どちらが飲んでもいいんだ。ただでさえ君に負担をかけてしまうから、薬ぐらい俺が飲む」

経験したことはないが、前の世界では避妊を軽視する人も多いと聞いていた。避妊薬は女性が飲むもので、アフターピルは後遺症が辛いと聞いたこともある。

そんな話を聞くたびに、私は一体どんな初めてを迎えるのだろうとずっと思っていた。

嫌な奴に捧げてしまったら……、避妊を面倒に思う自分勝手な奴だったら……、そう思っていたら気づけばこの年になっていた。二十四歳で処女なんて少し遅いほうなのかもしれない。だから誰にも言えなかった。

——……でも今、こんなにも自分を慈しんでくれる大好きな人と、体を繋ぐ。

大事にとっておいたわけでもない自分のハジメテを、愛し気に自分を見つめてくれるこの人に捧げられる幸福に泣いてしまう。

「……好き」

胸から溢れた言葉が、頭を通らず口から漏れた。

私の言葉を聞いたウィルが、頬を少し赤らめながら嬉しそうに微笑んだ。

「あぁ。俺も愛してる……」

そう言って重なった唇は、飲んだ水の名残りで少し冷たくて気持ちよかった。

並んで横たわりながら少しふやけた頭でキスに興じていると、ウィルが舌を絡めながら私に覆い被さっていく。

いつの間に脱いだのだろうか、ウィルも一糸纏わぬ姿となっていて、そのおかげで密着した肌からまたさらにジュワッと体温が伝わってくる。酩酊している頭にはその温かさだけで気持ちよくて、泣いてしまう。涙なんて放っておいてかまわないのに、ウィルは一つ一つ優しく口に含んでそしてまた唇へと戻る。

「ンッ」

濡れそぼったそこに熱いものが宛てがわれ、ほんの少しだけグッと押された。

未だ腰下にクッションが置いてあるおかげなのか、鈴口が当たりやすい。

これからソレが私を貫くのかと思うと、その全容を見なくても少し体に力がこもった。

「んんっ……ッ」

ゆるゆると、存在を教えるように秘部に鈴口が当たるだけ。

変に力を込めてしまう私を宥めるために、ウィルはキスに集中しろと舌で言う。

絡める舌と、繋ぐ手と、密着する湿った肌と固い筋肉が、私の緊張をスルスルと解いてくれるようだ。

繋いだ手の力が緩んだ時に、それまではゆるゆると動いていたその熱杭が、鈴口を秘部にピタリと当てて止まった。

クプリ……と小さく聞こえたような気がして、そのままほんの僅かだけナカに侵入する。

「ツンン！」

少しの恐怖が顔を出したが、ウィルの舌が私の恐怖を絡め取っていく。

『一気にいかない、ゆっくりゆっくり進むから』と、声に出さずに舌で私に伝えてくれる。

――……ズプ……ズズ……ツプ……

「――んぅっ……ッ……ン……っふ、ぅ」

「……ッ」

少し入って動きを止め、私をキスに集中させ、ナカのきつすぎる締まりが微かに弱くなったところで少し引いてから、またさらに奥に進んでいく。

指よりも長く時間をかけて、ゆっくり、じっくりと奥へ進む。

時折聞こえるウィルの苦し気な声がやたらに艶めかしくて、それを聞くと少し力が抜けてしまう。

するとまたさらに奥へと侵入してきて、その形を確かめるように力をこめてしまう。

「ん、っんん……ウィ、ル……」

「どうした……？　痛い？」

「ぅんっ……うぅん……ッ」

「フフッ、どっち？　ちゃんと教えて……？」

「ちょ、ちょっとだけ……ほんとに、ちょっとだけ痛い……でもへーき……」

「痛みを与えるしかできない自分が歯痒いな……」

「いいの……。ウィルが、くれるものなら痛みだって嬉しい、から……」

慰めてなどいない。自分の本心をそのまま伝えた。するとウィルは嬉しそうに私の顔中に優しくキスをして、覆い被さったままギュッと強く抱きしめた。

「ウィルは、平気……？　もう少しだけ、待っててもらっても、いい……？」

「いくらでも待つから焦らなくていいよ。どうしても無理なら終わらせたっていいんだ」

「それでもいいの……？」

「俺は自分の欲を貫きたいのではなくて、アユミを愛したいだけだから。時間はあるし、ゆっくり進もう」

——……愛されるとは、これほどまでに心地いいものなのか。

私もそれを返したい。

言葉で伝えきれない愛し方を伝えたい。

だからウィルを受け入れたい。

もっと奥に、ウィルを受け入れたい。

私の奥の、奥の、もっと奥まで侵入して、呑み込んで、染み込んでほしい。

……沁み込ませたい。

「ウィル……たくさん、キスして……？」

「あぁ、もちろんだ」

体中の細胞が、この人を好きになってよかったと歓喜している。

縺れるように絡まる舌が、ピッタリと吸い付く肌が、近すぎる距離で見つめ合う瞳が、互いを好きだと言い合っている。

キスをしすぎてジンジンと唇が痺れる。それでもキスを続け、そしてまた奥へと少しずつ入ってくる。

早く受け入れたいと思うのに、ミチミチと自分のナカに侵入するそれに意識を集中してしまうと、どうしてもグッと締めて侵入を阻んでしまう。そうするとウィルが声を出さずにビクッと震えて眉間にシワを寄せてしまう。

その顔も色気がすごくて格好いいけど苦しそう。

「っ、ウィル……ごめん、つらい……？」

「ん……？　まさか。人生で一番の幸福を更新しているところだ……。アユミこそつらくないか？　痛みは？」

「はじめよりは、慣れてきた……。もし、あと少し、なら……あとは一気でも……」

「っ、いや、まだ少しある。今一気に挿れたら、きっとアユミが痛がってしまうだろうから、もう少し、な？　つらいだろうが、がんばれるか？」

「苦しいけど、つらくないよ……。ちゃんと、ウィルを受け入れたい……」

「本当に、君はどこまでも愛おしいな……」

いつの間にか、太陽はもうすぐ中天を飾ろうとしている。

ゆっくりと時間をかけてここまで来て、そしてまたゆっくりと時間をかけて先へと進む。飽きることなくウィルは私の至るところにキスをする。

耳への愛撫は殊更長く、すっかり躾けられたその箇所を刺激されると力がこもるような抜けるような不思議な感覚で、そこを愛されると侵入が進む。

「――ふぅうっ……！」

ビクッと体が跳ねたのは、ウィルが耳と首筋を舐め愛していた頃。

自分の中の行き止まりを熱杭に教えられている感覚がした。

「アッ……っゃ、ぁう……ウィ、ル……これっ……」

「あぁ……、全部挿《はい》った……」

こんなに奥まで挿れられるものなのか……

視覚で長さは確認していなくても、確かに自分のナカに収められた熱杭が内臓を圧迫して、その全容が埋め込まれていることがありありとわかる。

ピッタリと収まった熱杭を私に馴染ませるように、ウィルは動かずにまた舌を絡ませながら耳を触る。耳を触られるとどうしても体がピクピクと動いてしまい、ナカが蠢き締まってしまう。するとウィルが熱い息を吐き、私も声が漏れ、それでも舌を絡ませることを止められない。

「……っ……っはぁ、はっ……っふ、ぅ」

痛みはある。

だけどその僅かな痛みの向こう側にナニカがある……

それを快感と呼んでいいのかはまだわからない。

でも、それに呑み込まれてしまったら、私は……――

そう思ってキュウゥとナカが締まった。

「……ッ」

無意識に蠕動してしまうたびに、ウィルが熱い息を吐いて何かを逃がそうとしているよう。

その吐息の声さえ凄艶で、その色気を引き出しているのが自分だと思うと、多幸感と優越感が誰に言うでもなく自分の中でこだまする。

そんな私に意趣返しするかのように熱い吐息を耳に吹きかけながら、飽きることなく耳を舐め愛していく。

「ヒッ、ァ……ふぅ、っ……ぁっ」

「あまり、俺を煽るなっ……」

「あおっ……てなんかぁ……ッ、ンァッ、ゥ」

責めるような言葉すら甘く、私を見つめる緑色の瞳が熱い。

その目に射抜かれると私のほうが煽られて、ウィルと繋いでいる手に力を無意識にこめると、ウィルが口元に手を導き、私の手に唇を落とした。

先ほどの余裕のなさは少々鳴りを潜めたようだが、それでも僅かに汗が滲み、吐息も熱い。

「弱ったな……想像以上だ……」

「……？」

弱ったという言葉に反して、ウィルは微笑みながら私の手の至るところに口付けていく。

愉しそうに、妖艶に。

「アユミが俺のすべてを受け入れたことが想像以上に嬉しいんだ。しかもアユミのナカが気持ち良すぎて、少々参っている……。アユミはどうだ？　痛かったり、つらくはないか？」

「ん、……へぇ、き……。ウィルが……気持ちいいって、言ってくれるの、嬉しい……」

「……っ」

「ウィルのが、入ってると……あったかくて……好き……」

ビクッとナカに埋まるウィルの熱杭が動いた。

「ッン！」

「──……それは……、無自覚なのか……？」

「ぇ？」

「君は……、もっと自分の愛らしさを自覚すべきだ……ッ」

「ヒャアッ！」

ズルッとナカのものが引き抜かれた、と思った瞬間に──ズドンッ！　と奥深くを突かれた。

後ろ手で枕を握りしめ、抽挿の衝撃に耐える。とはいってても暴力的なものは始めの一回だけで、後は奥をズンズンと小刻みに、でも確実に刺激していく。

「ッハ……！　あ、んんぅ！　……っゃあ、……っんん！　待っ……っひゃぅ！　……あ、あっ、んぁ！」

ウィルと繋ぐ手にも爪を立ててしまう。それを気遣う余裕すら生まれない。

思わず頭を横向きにして、全身を駆け巡る稲妻のような快楽を、嬌声を上げることでなんとか逃がす。

でも与えられるものがそれを優に超えてきて、私の肩が、瞼が、手が、子宮が、強く収縮する。

「――っ！　ヒアァァアッ!!」

横を向いた私の耳に、ウィルが舌を飽くことなく入れてきた。

呑まれるような快楽を必死に少しずつ少しずつ受け入れていたのに、耳への愛撫が引き金となって、濁流のように快感が一気に押し寄せてくる。

そしてそのまま耳に直接吐息をかけられながら抽挿が続いていく。

「アッ……ん！　ひぐっ、ンッ……ふぅ、ん……っ」

汗が滲んだウィルの広い背中に手を回すと、手のひらに筋肉の固さを感じて愉悦する。

そしてウィルに揺さぶられながらしがみつくと、抱き寄せられ、優しすぎず強すぎない抽挿が私を襲う。

「――……ハァッ」

「っ……はぁ、ふっ……ッ……ハッ」

私を休ませるように腰の動きを止めたウィルは、耳からも顔を離した。必死にしがみついていた体を離し、荒い息を整えている私を見下ろす顔は雄々しく色めいている。

「ウィ、ル……み、耳っ……ダメ、なの……へ、変になっちゃぅ、からぁ……」

「変になればいい。俺がアユミを変にしているんだ。だからアユミがおかしくなればなるほど、俺は嬉しい」

「や、やぁ……ウィルに、変なとこ……見られたく、ないぃ……っ」

そう言うと、ウィルは何故か嬉しそうに微笑んで、優しく私の頬を支えて正面を向かせると、食むようなキスで唇を包んだ。

ゆるゆると腰がまた少し動いて、淡い快感がジワジワと広がっていく。

「んっ、ぁ……ア、……っ」

「俺はすべてを見たい。アユミの全てを余すことなく。――アユミ、諦めてくれ。君がどんなに嫌がろうとも俺は君を暴いていく。俺に暴かれて痴態を晒す君のすべてを見よう」

「つやぁ、……そ、そんな、……したらっ……ウィルに……」

「あぁ、俺は君をもっと愛すのだろうな。今でさえままならないほどの想いを抱いているというのに」

私の後ろ向きな言葉を許さないかのように先回りして、仄かに求めていた言葉の、さらに上の甘い言葉をその低声で伝えていく。

低声に乗せたその言葉は、私にゆっくりと染み込んでいく。すると強い抽挿がまた始まった。

「んあっ！　……アアッ……ぁっ……んぅ……ンンッ！」

揺さぶられながら感じる圧迫されるような苦しみと、未知の部分を刺激される甘い感覚に翻弄されながらウィルを見ると、目を眇めて私を見つめていた。汗で湿った肌が陽の光に照らされている。

人々が活気に満ちて働いているこんなに明るい時間、私たちは素肌を晒し、互いを求め合いむさぼっている。ウィルが纏う空気は淫靡という淫靡を濃縮したようで、夜の妖艶なオーラを放っているかのようだ。

そんな彼が余裕なく私を見つめながら腰を振っていて、それを自分の女たらしめる部分がきつく締め上げ、より高みへと上らせる。

「ウィ、ルぅっ！　んッ……ンァ、あっ……ん！　好きっ……す、きぃ……！」

「っ……、煽るなと、言っただろ……ッ」

「——ンンンッ⁉」

本当に食べられるようなキスが襲いかかって、声を奪うかのように舌を吸われる。ウィルは私の口内にすら抽挿するため、喉から声とも言えない声が出る。

腰の動きに合わせた上と下の抽挿が苦しくて、でも泣いてしまうくらい気持ちよくて、結局されるがままだ。

クルリと私の舌を一周し惜しむように離れると、ウィルが「ハァッ……」と浅く息を吐く。同時に腰の動きが小刻みに速くなり、この行為の終わりを予告する。

——と同時に甘すぎる苦しい快楽が襲い、また繋ぐ手と枕を掴む手に力を込めて嬌声を上げる。

「ウアァッ……っァ、ヒッ……ぁ、っぁあ……っ」

速すぎる抽挿に揺さぶられる胸を支えるようにウィルの手が片方の胸を揉む。腰の動きは激しいくせに小器用に乳首を指先でクニクニと弄り、そして空いた口元はまた耳へと向かった。

「〜〜っ、ひゃあぁ！　……ぁっ、ゃぁあっ！　……ィッ、イクッ!!　……ッんぁ、イっちゃぁああ！」

「——ッウ……ぐっ……！」

筋肉に覆われた体がブルっと震えたのが、ビクビクと勝手に震えている敏感すぎる私の体に伝わった。

その瞬間、臍《へそ》の内側に満ちる灼熱を心地よく感じ、大きく息を吐く。

ゆるゆると、意識が落ちていく。

心地いい疲れと、未だ生まれる快感と、譬え難い満足感が体を駆け巡り、意識をゆっくりと奪っていく。

「ん、ぅ……」

「少し休もうか。ゆっくり、おやすみ……」

甘いその声が耳元で囁いたのを最後に、私は意識を手放した……——


——……耳がくすぐったい。

そう思って意識が浮上した。

次に、少し暑いほどの熱に包まれていることを感じた。

「ん……」

微睡みの中、少し身動《みじろ》ぎしながら僅かに目を開けると、目の前に肌色が広がっていた。

耳のくすぐったさがなくなり、かわりに髪を優しく梳くような心地よさが頭を包む。

――後頭部を撫でられている。あぁ、そこ唯一の自慢箇所なんです。どうぞよろしく。

肌色が広がる視界が徐々に鮮明になってくると、目の前に大好きな雄っぱいが……

「あ……ウィルの、雄っぱいだぁ……」

間違えるはずもない大好きなソレにおもむろに手を伸ばすと、めちゃめちゃすごい筋肉に覆われているが、力が入っていないからかそこまで硬くない。……だけど僅かにピクッと動いた。

夢とはすばらしい。

こんなにもリアルに大好きな人の大好きな部分を具現化して思う存分堪能できるのだから。雄っぱいに触れる手に力がこもり、そのままモミモミと揉み始めた。

だんだんと雄っぱいに力がこもって揉みづらくなってきたけど問題ない。柔い雄っぱいも固い雄っぱいも私は愛している。

「すごぉ……へへっ……いい夢ぇ……」

モミモミモミモミモミモミ……


「アユミ、夢ではないぞ」

――え？

モミモミしていた手を止め恐る恐る頭を上げると、少し戸惑いながら微笑んでいる裸のウィルが寝そべっていた。かっこいい。

「俺の体を好いてくれるのは嬉しい限りだが、すまない。急に揉まれたから少々驚いてしまった。問題ない。続けてくれ」

「――――ッ!!」

や、やっ、……やってしまった～～!!

「ご、ごめんなさい。ごめんなさい。ごめんなさい！　出来心で！　夢だと思ってて！　夢だから私が好きなものが見れたと思って！　そしたら触れたから遠慮なく触ろうと思っちゃって!!　あぁぁごめんなさいっ!!」

「謝る必要などない。アユミが俺の体を好いてくれていることはわかっているし、君に触れられることに嫌悪などないのだから」

「うぅ……」

紛れもなく事実ではあるのだが、私がウィルの体が大好きなことを本人に知られていることがなかなかに恥ずかしい。思わず掛かっていた布団で口元を隠そうとすると、自分が何も身に着けていないことに気がついた。

何故だかサラサラとしている肌が清潔なシーツの上をすべるのは気持ちいいけど、自分の体がさっぱりしている事実がまた羞恥心を煽った。

「体は平気か？」

「は、はい！」

「本当に？」

「あ……ちょっとだけ、ほんとにちょっとだけ怠い……かな」

「そうか。じゃあ何か温かいものでも持ってこよう。少し待っていてくれ」

さらっと頭を一撫でしてから耳と額に軽いキスを落として、ウィルがベッドを下り、全裸のまま彼の私室に続く扉に向かっていった。

少々重怠い体をベッドに預けたまま、私はその後ろ姿に釘付けとなっていた。

――あ、あ、……お、お尻……。雄尻だ……。ウィルの生の雄尻だ。

プリケツじゃない!!　筋肉でバッキバキだ！　バキケツだ!!　なんだあれっ！　か、か、かっこよっ！　お尻がかっこいいってどういうこと!?　ウィルってやっぱ人類の奇跡だ!!　拝んでおこう……

雄っぱい揉んじゃっても全然引かれなかったし、雄尻も揉ませてくれるかな……？　いや、でも雄尻は難易度が高い……

〝花休暇は恋人のための休暇〟――というのは本当だった。

つまり私はこの五日間、ウィルに抱かれ続けていたのだ。

とはいっても決して私に無理はさせず、ゆっくりじっくりとトロ甘い日々であった。

男の人は一度出したら終わり、とどこかで聞いたことがあったけど、ウィルの〝終了〟とは……？　と疑問がいつまで経っても消えないほど本当にずっと元気で、抱かれては休み、起きてはまた抱かれ、食事をしながら抱かれ、一緒にお風呂に入ってまた抱かれ、クタクタになったら殊更優しく抱かれる、という絶対に人には言えない五日間を過ごした。

この期間でもともと開発され気味だった私の耳はすっかり花開き、もはや耳元で名を呼ばれるだけで腰が抜けてへたりこむほどになってしまった。

これは、私がイク度に執拗に耳元で名前を呼ばれながら愛された結果である。

これを悔しいと思う反面、少し嬉しくも思うほどに、私は自分がＭであることを思い知らされた……――

第六章

「仕事……行きたくない……」

ラブラブ甘々な休暇を終えたばかりとは思えないほどぐったりとした顔が鏡に映っている。もちろん私だ。

だって怖い!! 食堂であんなとんでもなく恥ずかしいことを思いっきり叫んだし、しかも何人かに見られてしまったし、食堂のおばさまにはバッチリ聞かれていたし見られたし……、もしかしたら騎士団中にあのこっ恥ずかしい行動が知れ渡っているかもしれない。

あぁ、行きたくない……

「アユミ、どうかしたか?」

いつ見ても爆裂イケメンな彼氏を見ると心癒される。

出勤前だから過剰なラブラブは控えるが、この五日間は文字通り離れなかったために癒されたくてウィルにギュッと抱きつくと、嬉しそうに私の頭を撫でてくれた。

「仕事、行きたくないなって思っただけです……」

「確かに永遠にアユミとこうしていたいものだな」

行きたくない理由は違うが、見当違いでもないために否定はしない。

それに事細かに説明したらきっと揶揄《からか》われてしまうだろう。この休暇中にウィルが思った以上に意地悪なことも十二分に思い知ったのだ。

朝にしては濃い、でもこの数日にしたものと比べれば軽いキスをするとすぐに離れがたくなり、名残惜しく唇を離した。

「そんな顔をされると今すぐ襲ってしまいそうだ。さぁ、急ごうか」

「は、はいっ……」

いつものようにウィルに甘やかに微笑まれながら、私は意気込んで出勤し、朝食を摂るために食堂へと向かった。


「アユミちゃん、私はあんたのこと、いつも美味しそうに食べてくれて良い子だわぁって思ってたのよ。まあ、髪は一体どうしたのかしら、とは常々思っていたんだけど、団長様と花休暇も最長で取ったっていうじゃない。愛されてる証拠よ。良かったじゃない！　女だってねぇ、あのくらい情熱的に愛したほうがいいのよ。団長様を幸せにしてやるぞ！　ってくらいのがいいんだからね！」

「は、はい……。そう、ですね。ありがとうございます……。あと、お騒がせしました……」

食堂に入り、注文をしたと同時に食堂のおばさんから猛烈な勢いで話しかけられ、今のようなことを延々と語られている。居た堪れないから早くテイクアウト用のモーニングセットを渡してほしい……

「団長様、あなたもアユミちゃんをちゃんと幸せにするんだよ！」

「えぇ、もちろんです。俺の全身全霊をもって彼女を守り、幸せにしますよ」

「あら素敵。私が口を挟む必要なかったわね」

もうやめてくれ……というかこんな話題を振られて、なんでウィルは恥ずかしくないんだ。平然としている様もかっこいいけど少しの照れもなくて、私はどうすればいいかわからなくなるのだが。居た堪れなさに赤くなりながらおばさんに挨拶をして、涼しい顔したウィルと食堂を出るために歩くと、心なしかチラチラと見られているような気がする。

「アユミどうかしたか？　先ほどから様子がおかしいように見えるが。今日から出勤だから昨夜は君を愛することは三回に抑えたんだが、やはり無理をさせてしまっただろうか」

「朝から何を言ってるんですか‼　あと昨日抑えてたんですか⁉　確かに三回だったけどめっちゃ長くて……じゃなくて！　違いますよ‼　なんだか周りの人に見られてる気がするんです……。たぶん先日の話が広まっちゃって笑いものにされてるんだ……」

私達の周りには人がいなかったからいいものを、朝からとんでもないことをそんな涼しい顔で言わないでほしい。かっこいいけども。

「花休暇明けなんてこんなものだよ。過去に休暇を取った者も休み明けは少し好奇な目で見られていたように思うが、基本相手の女性は外部の人間だし、顔がわからないからな。だが俺達は揃って騎士団勤務をしているし、況《ま》してや俺は団長だから、余計にそういう目で見られるんだろう。それも今日明日ぐらいで終わるだろうから、少しの間だけ我慢してくれ」

「そういうものなんですか……？　先日私が口走ってしまったことが広まったりしてないですか

ね？」

「その件なら杞憂だ。先ほどの婦人にも、あの場にいた団員にも、先日ここであった出来事については箝口令《かんこうれい》を敷いている」

「え！　そうなんですか⁉　いつの間に！」

よかった！　本当によかった！

私の黒歴史を広まらないようにしてくれてたんだ！　さすがウィル！

「あれは君の俺に対する熱い想いの表れで、俺のためだけの言葉だ。曖昧なニュアンスだとしても他の者に知れ渡るなど許せないからな」

「え？　そのために箝口令《かんこうれい》を……？」

「？　そうだが？」

何でこの人こんなに人が大勢いるところでも甘々なんだ。むしろ私みたいに恥ずかしがるよりもこのぐらい潔いほうが人々は気にしないのだろうか。だとしてもウィルのような毅然とした態度でいることなんて絶対にできないのだが。


二人して五日間休ませてもらったため、今日からアワーバックさんは連休だ。

ウィルが目を通さないといけない書類も溜まっているために、今日は朝食をテイクアウトして二人で執務室で食べることにした。

いざ執務室に着いてみると、私が思っていた以上に書類の山が高い。

だがウィルは特に驚くでも辟易するでもない。お茶を淹れるために私が簡易キッチンに行っている間、少し険しい表情で、目立つ場所に置かれていた一枚の書類を見つめていた。

「アユミ、ルークの件なんだが……」

「あ、そうだ。ルークさんに言いすぎたって謝りにいかないと！」

そう言うと、ウィルは珍しく言い淀んだ表情を浮かべた。

「いや、あいつはもうここにはいない」

「えっ!! なんで!? も、もしかして先日のことで騎士を辞めたとかじゃ……」

「いや違う。地方に異動になったんだ。あいつからの申し出があってな。休暇中何度かこの件で連絡をもらっていたが、ベージルがかなり迅速に対応してくれたようだ。旅立つ前にきちんと話をしたかったがな……」

ウィルは、それなりに遠いところにいる人とも短時間であれば魔法で連絡ができるらしく、休暇中に何度かそうしているのを見かけていた。

ルークさんの処遇の件は聞いていた。

というのも、今の私の立場は黒騎士団長の婚約者として、団員よりも上になるのだそうだ。しかもウィルは爵位を賜っているため、貴族への不敬としてルークさんに厳罰を与えなければならない。

あの日、ウィルは羞恥に悶える私を抱き上げながら、ルークさんがそのことを理解しているのかを確かめていた。追って処遇を伝えるはずであったが、ルークさんは自ら辺境への異動を願い出てきた。

アワーバックさんが魔法でウィルにそれを伝え、ウィルはそれを受諾した。そして異動を恙《つつが》なく終えたことが、ウィルが見つめている書類に記載されていたという。

確かにあの日は腹が立ってしまったし、ルークさんのことは苦手としていたが、今回のことは彼に誤解を与えてしまった私にも非があるはずだ。

それなのに彼にすべての責を負わせてしまうことは申し訳ないと思ったが、これは私の気持ちだけでどうこうできる問題ではないのだろう。すでに決まった処遇について口を出すつもりもないし、出しても意味がないことなどわかっている。

「ルークさんは、もうここに戻ってこられないんですか……？」

「本人が希望すれば戻れる手筈は整えるつもりだが、すべては奴次第だな。アユミが責任を感じなくていい。あいつが反省して自ら決めたことだ。尊重してやってくれ」

「……はい」


ルークさんのことは苦い後味を残しながらも職場復帰した私は、休みが明けたアワーバックさんからも、女子寮のみんなからも、さらには黒騎士団の人達からも祝福してもらった。

しかし、あまり接点のない他騎士団の人達からは「何故あんな女が黒騎士団団長を射止めたんだ？」となんとも失礼なことを遠巻きに言われていた。

それを聞いたウィルが憤慨し、言った人全員を粛清しようとするのを必死に止めたという出来事もあった。——というのも、私はそういったことを言われるのを特になんとも思っていないのだ。

仲の良い友達もいるし、黒騎士団の人達はみんな好意的だし、なにより大好きな人が私を肯定してくれている。

するとウィルは何を思ったのか、今度は人前でも関係なく甘やかさを出すようになった。恥ずかしがる私を殊更に甘やかした。すると周囲が辟易し、そして諦めの目を向けるようになってきたのだ。

それが功を奏したのかわからないが、徐々に騎士団内では「黒騎士団の団長は女の趣味が変わっていて、髪の短い婚約者に日々可愛い可愛いと囁き溺愛している」ということが認知され、私の容姿への非難の声が収まっていった。


——夜。

寝室で一緒に横になりながら、手を繋いでいるウィルに話しかけた。

「やっぱり私、髪伸ばしたほうがいいですか？　私がいろいろ言われるのは別にいいけど、ウィルが変な目で見られるのは嫌です……」

「俺が君を愛していることに相違はないから、何の問題もないだろ。それより俺はアユミが悪く言われることが耐えられない。……だが、だからといってアユミの可愛さを皆に知らせるのは躊躇《ためら》われる。……難しいものだな。とにかくアユミは好きな髪型でいてくれ。俺としては今のまま短い姿でいてほしい」

「私は、今の髪型が気に入っているし、ウィルが短いほうが好きって言ってくれるのも嬉しいですけど……。それに私、別にそんな可愛くないと思いますけど……」

「何度も言っているだろ？　君は自分の愛らしさを自覚すべきだ」

恍惚と微笑みながら、ウィルの瞳の色と同じピアスを付けた私の耳を優しく優しく撫でる。

すっかり敏感すぎるほどの性感帯となったそこを撫でられるだけで、トロリと自分の中心が濡れてしまう感覚に、またさらに顔が熱くなる。

「ほら、アユミが俺の言動全てにそうやって反応する様はたまらなく愛らしい。恥ずかしがりながら喜んでいるところも可愛いしな」

「っ！　も、もう……！」

「そんなに喜ばれると自分を抑えられないな。ほら、もっと近くにおいで。アユミ、愛してるよ」

「っ～～!!　わ、私も、あ、愛してます……」

私の言葉に艶然と色気を漂わせながら微笑んだガチムチマッチョの推しであり恋人は、私の体をその素晴らしい筋肉を纏う体躯で包みこんだ。

そしてゆっくりと私の短い髪を撫でながら、飽きることなく私の耳に口元を近づけた……――

◇

「はぁ……」

なんとも気が重い……

行き交う人々が華やかな装いで嬉々としながら祭りに参加する中、自分の黒い騎士服はよく目立つ。

老若男女彩り豊かな服装で、女性は頭に手作りの花飾りを着け、男性は胸元に一輪花を飾っている。今日は黒い服を着ない決まりのために、自分達だけがこの祭りに参加していないとはっきりと色分けされているかのようだ。

今日は年に一度の建国祭だ。

黒騎士団は毎年この日は全員警護に当たることが通例で、今年も例外ではない。

だから、自分が気が滅入っているのは、祭りに参加できないことではない。

原因はもちろん、アユミだ。

唯一俺の心を惑わすことができる、愛してやまない婚約者だ。


当の本人であるアユミは、今日は仲の良いジーナ殿と祭りに繰り出している。

黒騎士団に所属している彼女だが、事務官であるために今日は休みだ。

先日買ってきたという若草色のワンピースを着て、「花飾りをジーナと一緒に作るから、女子寮に行ってからお祭りに参加します！」と言うので、今朝方女子寮まで送ってきた。

……そのワンピースがいただけない。

そのワンピースを買ったのは俺の瞳の色と同じだから、と言ってくれたのは喜ばしい。彼女に贈ったピアスともよく似合っている。

……だが、どうして両肩が露わになっているデザインなんだ。

あれではアユミの華奢な肩や細い首が、あの白皙《はくせき》が他の者に丸見えとなってしまう。それに普段は騎士服でわかりづらいが、ウエストの辺りが絞られているデザインのせいで、腰の細さや、実は胸が大きいこともわかってしまうじゃないか。デコルテが見えるデザインは、上や後ろから覗けば谷間が見えてしまうのではないだろうか。

断じて俺の前以外では着てほしくない。

その肩や首にこれでもかというほどに紅い印をつけてしまおうかとも考えたが、あまりに楽しみにしているものだから「可愛らしい服だな、楽しんでおいで」と言うことしかできなかった。

早く結婚して正式に俺のものにしてしまいたい……。婚約者というのはなってみると曖昧な関係だ。

だが、花休暇を取ってから最低でも半年は期間を空けないと結婚できないようになっている。アユミが妻となるのにあと何ヶ月も掛かるのかと思うと、どうにもできない歯痒さが襲ってくる。

若干、少々、ほんの僅かに不機嫌な空気を出してしまい、部下達が俺に近寄ろうとしないが、ひとまず警護を遵守する。といってもここは治安が良い。

この数年、建国祭で大きな事件は起きていないから巡回しながら祭りを楽しむ者も一定数いて、羽目を外しすぎていなければ見て見ぬふりをしている。

――アユミはもう祭りに参加しているだろうか……

そう思って意識を集中させると、アユミの現在位置がまだ女子寮にあることがわかり、安堵した。

アユミに贈った俺の瞳の色のピアスには簡単な追跡魔法を施してある。――他意はない。ただ万が一アユミに何かあった際に現在位置を把握したいと思っただけで、常にどこにいるのかを見ているわけではない。

そもそもアユミはほとんど俺と一緒にいるから、この魔法を使うこともほとんどない。

……だがどうにも今日はこの魔法を使ってしまう。

早く祭りが終わってほしいと苛立ちながら、職務を続けた。


太陽が地平線に触れ始め、街が夕闇にそろそろ包まれ始める。

祭りは夜が訪れたら終わりだ。

今年も大きな事件などはなかった。

……アユミは変な男に絡まれたりしていないだろうか。

いくら街の者が短い髪の女性に馴染みがなく、蔑みにも似た感情を露わにするとはいえ、可愛いアユミがあんなに扇情的な恰好をしているのだ。一目で彼女に慕情を抱く者も現れるだろう。……あぁ、心配だ。やはり祭りになど行くなと言えばよかったか、いやでもあんなに楽しみにしていたのにそれを邪魔するわけには……

そう思って中央広場に来たところでまた魔法でアユミの現在地を確かめると、自分のすぐ後ろを示していた。

「後ろ……？」

「――あっ！　ウィルっ！　やっと見つけた！　……あ、仕事中か。えっと、団長!!」

後ろから愛しい者の声が聞こえ、振り返った瞬間に瞠目した。

視界に広がったのは、アユミのいつもの髪色より少し明るい茶髪。見慣れぬその色がアユミの胸の下まで伸びていて、白い小さな花を散らした花飾りがアユミの丸みのある頭を飾っている。その茶色い髪が露わになっている肩を隠してくれてはいるが、チラチラと見えて逆に艶めかしい。

初めて見る長い髪のアユミに――ドクン、と胸が高鳴った。

「アユミ……」

「ビックリしました？　へへっ。女子寮に行ったらウィッグを貸してくれたんです！　お祭りだからいつもと違う恰好をしようってなって。それで団長にもこの姿を見せたくて探していたんです！」

「あ、あぁ……そうだったのか……」

俺のことをニコニコ笑いながら見上げているアユミが可愛くて、無意識に小さな丸い頭を触った。が、花飾りが少し邪魔で触りづらいし、髪質もアユミのものと異なっている。

アユミの花飾りは、緑の蔦が多めで、小さな白い花でできている。

その花飾りに、白以外の青やオレンジの花も交じっていることに気づき、苛立った。

――この建国祭には男女間の暗黙のルールがある。

男性が胸に挿した花を女性に渡した場合、顔見知りであれば告白、初対面の場合はデートのお誘いという意味があり、女性は自分の花飾りから一本花を男性に返すと了承という意味になる。

男性は告白をすると花を返してもらうことはできないため、デートに誘うのは一度きり。だから誘う女性を慎重に選ぶ必要がある。

男性から花を渡されたとき、花を受け取ること自体を拒否してもいいが、大抵の女性は告白を断る場合でも花だけは受け取る。そして自分の花飾りにさまざまな種類の花を飾ることが女性達の間ではステータスとなっている。

ちなみに女性からは花を渡したり告白をしたりはしない。

「こんなに髪長くしたの初めてで、なんだか自分じゃないみたいです！　……あれ？　ウィル？私の髪、変ですか……？　長いの、似合ってない……？」

反応しない俺をアユミが不安げに見上げてくる。

変じゃない。可愛い。可愛すぎて……他の者からの花が酷く腹立たしい。

――アユミは俺のものだ。俺だけのものだ。

アユミが人前でのスキンシップを恥ずかしがって嫌がることをわかっていながら、逃げないように頭と腰に腕を回して潰さないほどの力で抱きしめた。

「だぎゃっ!!　っだ、団長！　未だかつてないほどの人前なんですけど!?」

「髪が長い君も可愛らしい」

「えっ、あ、ありがとうございます……へへっ」

「……花、もらったのだな」

「花？　あぁ、なんか知らない人が突然くれたんですよね。……じゃなくて団長、あの、人前……」

人通りの多い場所で抱き合う俺達の周りには、見物するかのように人だかりができている。俺は露ほども気にしていないが、腕に抱く彼女は羞恥に震え、か弱い力で俺を退かそうとしている。それに抗うようにさらに強く彼女を抱きしめた。

——あぁ、失敗した。

男から花は受け取らないように言えばよかった。本当にアユミのことになると俺はダメだな。

「自分の花は誰にも渡してないんだろう？」

「はい。ジーナが誰にも渡しちゃダメって言ってたから……。渡したほうがよかったですか？」

「ダメだ。誰にも渡さないでくれ」

「は、はいっ」

ひとまず花を返さないように言ってくれたジーナ殿には感謝せねば。

アユミの後ろにいたジーナ殿を一瞥すると、僅かに慄《おのの》いた様子で固い礼をされたあと、近くの黒騎士団員の後ろに隠れた。やっぱり俺は多くの女性には怖がられているのだろう。

「花をもらった理由は知らないのか？」

「何か理由でもあるんですか？　花飾りが似合ってる人に、とか？」

「ウィッグなどつけて、俺以外の男の目を奪うだなんていただけないな……。俺は短い髪のアユミが好きだと言ったのに」

「えぇ？　お祭りだからおしゃれをしただけですよ……」

僅かに体を離して、他の男の花を抜き取っていく。

白い花だけとなった花飾りを見て満足し、またアユミを強く抱きしめた。

「このまま仕事を放ってアユミを連れて帰りたい……。これ以上可愛い君を他の男の目に晒したくない……」

「ウィルは私のこと良く見えているのかもしれないけど、私ほんと普通ですからね!?　今はこうしてウィッグしてるから花飾りが似合うってお花もらっただけだろうし……」

花飾りが似合うから花がもらえるわけではないのだが、真の理由は言いたくない。

抱きしめながら肩が出ているワンピースを着ていることを咎めるように、狭く丸い肩をカプッと淡く噛んだ。

「ふゃっ!」

「あまり可愛い声をあげないでくれ。他の奴に聞かせたくない」

「り、理不尽!」

「君の花はなんで白なんだ?　君の純麗さを表しているようで似合っているが、俺達にとっての記念の色でもあるというのに」

「記念の色……?」

「白は俺達が付き合い始めた際にアユミが着けていた下着の……」

「ちょっ!　ウィ、ウィル!!　ちょっと黙ろうか!!」

腕の中で身動《みじろ》ぎ、赤い顔のアユミが可愛く俺を睨みながら手のひらを口に押し付けてきた。

困ったな……。俺を責めているつもりなのかもしれないが、睨む顔も可愛すぎる。

「花が白いのは黒を使っちゃいけないって言われたからです！　ワンピースとピアスが緑だからウィルの髪の色に合わせて黒の花で飾りを作りたかったんですけど、黒はお祭りでは身につけちゃダメらしいから……。だからウィルの瞳に合わせて、ちょっと緑がかった白い花にしたんです！」

「俺の色……」

アユミの言葉に、自分の中の醜い悋気《りんき》が僅かに収まっていくのがわかる。

未だにずっと抱き合っているが、俺の体に覆われて人目に晒されていないからか、アユミの羞恥心もだんだんと薄れてきているようだ。

「ウィル、何か怒ってます……？　お花もらっちゃったこととか……？」

「怒っているというより悔しいんだ。俺が祭りに参加できていればこの街中の花を君に贈るというのに」

「街中の？　フフッ……ウィルは真面目なトーンで冗談言うからおもしろいなぁ……ハハッ！」

腕の中に閉じ込めているアユミが笑っているのか肩が震えている。

まったく冗談など言っていないが、アユミが笑ってくれるならまあいいか。

俺は人を笑わせた経験などほぼ皆無なのに、アユミは俺の言葉によく笑ってくれる。アユミが笑ってくれるなら、どんなことでもしてあげたい。――……そう思わせてくれる存在に出会えるだなんて思わなかった。

「でも、そっか……。ウィルは私に花をあげたいのに、今持ってないですもんねぇ」

厳密に言うと「花をあげたい」が目的ではなく、常々伝えているアユミへの想いを人前で伝えてアユミが俺のものだと知らしめたいだけだが、この抱き合っている状況のおかげで目的はほぼ達成できている。

「じゃあ私の花をウィルにあげます！　ウィルは花飾りしていないけど一番かっこいいから、私からお花あげちゃいます！　それでウィルが私にまたそのお花をくれたらいいんじゃないかな？　……あれ？　意味ないかな？」

「いや、いいな、それ。アユミがしたいようにしてくれ」

アユミが言ってくれた「一番かっこいい」という言葉も嬉しいし、アユミの好きなことをさせてあげたい。通常は女性から花を贈ることなどしないのだが、それは言わないでおこう。

人目に晒さぬように囲った俺の腕の中でアユミが花飾りをゆっくりと外し、結われている花を丁寧に外していく。

その間、ウィッグの旋毛《つむじ》を見つめていたが、わかってはいたもののやはり可愛くない。アユミの旋毛《つむじ》だから可愛いのだと再認識した。

長い茎を残したまま花が取れたことをアユミは喜んで、「取れた！」と俺を見上げてそれを見せてきた。

（可愛い……）

溢れ続けて止まらない愛しさに従って額にキスを落としてから、花飾りをまたウィッグを被った頭に飾った。

一輪の小さい白い花を両手に持ち、長い茶色の髪と若草色のワンピースを風で微かに揺らしながら夕陽に照らされるアユミの姿は本当に神秘的で、女神のようだった。

周囲から一切の音がなくなり、俺とアユミしかいないようで、言葉を失った。

「――……っ」

「えっと……ウィル、私のことといつも大切にしてくれてありがとう。私もウィルのことすっごく大事だし、これからも大切にしていきます。二人でずっと過ごしていきたいって思ってます。は、初めて見たときから素敵な人だと思ってました！　――私と結婚してくださいっ!!」

アユミが両手を伸ばして、その白い花を俺に渡す。

目元と頬を赤く染めながらも微笑みながらまっすぐ俺を見上げてくる。

――……アユミ……アユミ、アユミ、アユミ……

どうして、君だけが俺をこんなにも、惑わせて、狂わせるのだろう。

知らなかった。

自分の心の奥底から止めどなく溢れる愛情も。

そよ風のように流れる慈しみも。

暴力的なドス黒い嫉妬心も。

幼子のような心の狭さも。

胸が突き上げられるような切なさも……全部、全部知らなかった。

君だけが、……アユミの存在だけが、こんなにも涙が滲むほどに心に沁みていく。

「アユミ……」

「思わず逆プロポーズしちゃったよ!! 夕陽に照らされたウィルがかっこよくてつい……! 急にすみません! しかも指輪じゃなくて花だし!」

「指輪? 何故?」

「あ、そっか。この世界では結婚指輪の文化ないですもんね。私の元いた世界では、プロポーズのときには指輪を用意するのが一般的なんですよ。それは婚約指輪って言って、大きな宝石がついているやつで、それとは別に既婚者はシンプルな指輪をずーっと左手の薬指にはめるんです」

「そうか、素敵な文化だな。是非君に指輪を贈らせてもらおう」

俺に向けた花を静かに受け取り、目の前の自分だけの女神を見つめながら花に唇を落とした。

「君からもらったこの花に俺の想いを乗せよう……」

俺をどこまでも陶酔させる彼女の左手を壊れ物を扱うように取り、指の丸い爪に目を向ける。

その薬指に受け取った一輪の花を結び、簡易な指輪を彼女に贈る。

「ゆ、指輪……」

「――今はこれを、愛しい君に」

その小さく柔らかい手を取りながらその場に静かに跪き、希《こいねが》うように花の指輪がついた指先に唇を落とす。

見上げた彼女は、淡い夕陽に照らされているためなのか、それとも彼女から染み出た涙からなのか、その黒い瞳が綺麗に潤んでいた。

「俺からも言わせてほしい。――どうか、俺と結婚してくれないか。俺の愛しい人」

俺の言葉にその大きな黒の瞳がゆらりと輝いたかと思ったら、ぽたりと雫が零れた。

その雫を皮切りに、アユミの顔が歪んでポロポロと涙が零れ落ちていく。俺に取られていないほうの手で必死に涙を拭おうとしている様すら愛おしい。

その涙を拭ってあげたいのに、その泣き顔をずっと見ていたいとも思う。

しゃくりあげて泣いているアユミの言葉を静かに待つと、涙で揺れた瞳でまっすぐ見つめてくれた。

「……っ、わ、私からっ……プ、ロポーズしたんだから、結婚……、するに決まってます！　絶対、……絶対にウィルを幸せにしてみせます！」

「ハハッ」

涙で濡れるアユミの顔を隠すように、風で髪が靡《なび》いている。

――あぁ、見えない。アユミの可愛い泣き顔も、赤くなっているであろう俺を煽る耳も……見えない。俺はやっぱり、いつもの短い髪のアユミが好きだな……

「アユミ、ウィッグを外すことを許してくれないか？　いつもの君の姿が見たいんだ」

「で、でもたぶんボサボサですよ……？」

「あぁ、その姿もきっと可愛らしいのだろうな」

立ち上がってゆっくりと花飾りごとウィッグを取ると、思ったよりもボサボサじゃないいつもの短い髪が現れた。

（やっぱりアユミの旋毛《つむじ》は可愛い）

そう思いながらアユミが手櫛で髪を整えているのを手伝うと、いつものように綺麗な丸い頭の形が現れた。

その丸い頭にキスをしてから花飾りを静かに落とす。

「アユミが俺の隣で笑ってくれるだけで、俺は何ものにも代え難いほど幸福だよ」

「っ……」

また薬指に花が飾られた左手をゆったりと取り、唇を落とす。

その俺の動きを潤んだ瞳が熱く見つめてくれることに幸福を覚えながら。

「――愛してる。君と、永遠を共に……」

短い髪の彼女の手を取りながら腕の中に囲み、唇を重ねたとき、周りの人だかりから大歓声が上がった。

その歓声で腕の中の彼女が驚き、人前にいることを思い出したのか、また慌てながら唇を離そうともがき始めた。

そんな彼女を優しくも強くまた抱きしめて、大歓声の中口付けを続けた……――

エピローグ

「短い間ですが本日からお世話になります。よろしくお願いします」

騎士団員事務室で大勢の人がいる中、いつもより声を張ってそう伝えると、疎らに拍手が聞こえてきた。

受け入れられていないわけではない、ただ歓迎されてもいない。そんな感じの空気がひしひしと伝わってくるが、問題ない。こちとら仕事でやってきているのだ。

「オグラさん、ではこちらにどうぞ」

「はい」

簡易すぎる挨拶を終えると、隣に立っていた青騎士団副団長のハワード様が、少々胡散臭い張り付けたような笑みを浮かべて私を席へ案内してくれた。チクチク刺さる視線を無視しながらついていくとそこは事務室の端の端の席で、周りには誰もいないような場所だった。

いや別にいいんだけど……なんかモヤッとする。

「それともバクストン夫人とお呼びしたほうが？」

「……まだ結婚しておりませんし、職務中なのでオグラでお願いします」

「そうですか。あのような大々的なプロポーズをされていたので、てっきりもうご結婚されたのかと」

「あの、仕事の話をしていただいてもよろしいですか？」

「おや、失礼しました」

今いるのはいつも仕事をしている「黒棟」と呼ばれる黒騎士団がいる建物ではなく、青騎士団のための「青棟」だ。

何故私がここにいるのかというと、前述した通り、仕事のためだ。

私の異世界転移で唯一手に入れたチート能力「翻訳」を買われて、今ここにいる。

何故こうなったかというと、ことの始まりは何気なく仕事をしていた時。

いつもと違う文字が出てきているなぁと思いながらも余裕で脳内変換をして書類を捌いて提出すると、その書類は読める者がほぼいない絶滅危惧文字だったらしく、手違いでたまたま私の元へ来てしまったものだった。

数人が数日がかりで訳しながら処理するものをスラスラ読んでしまい、それで私がさまざまな言語が読めることが発覚してしまった。

そして今回、青騎士団から翻訳係として業務を手伝ってほしいという要請（という名の命令）があり、めちゃくちゃ嫌がるウィルをアワーバックさんが必死に宥めて私は今ここにいる。

正直、私も気乗りしていない。

というのも、髪の短いブスの私に一番あからさまな態度をとるのが青騎士団の人達なのだ。

青騎士団はバリバリのキャリア組で、ほぼ全員が貴族だ。爵位を持っているという人も少なくない御方々は見目も麗しい人が多い。そのためか「醜いものは見たくない」と思っているらしく、私のことをあからさまに忌避したり驕慢《きょうまん》な態度を見せてくる。

とはいえ今回は仕事で、ここに私を派遣したのはもっと上層部だ。あからさまにそう不羽向《ぶはむ》きな態度はとられないだろう。

……と思っていたが、思っていた以上に歓迎されていない。

まぁ別にいいけども。

「ではオグラさん、この書類をお願いしますね」

「……わかりました」

「書類はまだあるので、終わったら私に声をかけてください」

「……わかりました」

目の前の高く積まれた書類を見て途方に暮れたが、口には出さず席について、業務にとりかかった。

(ウィルの雄っぱいが見たいよー！　雄っぱい！　雄っぱい！　ウィルの雄っぱいー!!)

ずっと業務を続けているが、終わりはまったく見えない。そもそもこの臨時派遣は二週間ほどを予定している。

この世界に来てウィルの雄っぱいを見ないで仕事をするということが初めてで、まったくやる気が上がらない！　青騎士団の人はみんなスラッとした体で筋肉の「き」の字もないから、見ていて楽しくない！

(ううぅ、ウィルの雄っぱいがいつでも見られた黒騎士団長執務室の日々がすでに恋しい……)

ハワード副団長様が嫌味なのか好意なのか、食堂に行かずとも業務できるようにとお昼にサンドウィッチを差し入れしてくれたから、ずっとこの部屋で黙々と業務をしている。……これ絶対嫌味だわ。

そうして初めての場所での業務の気疲れも相俟って、初日からすでにヘロヘロな状態で帰宅した。

「おかえり、アユミ」

家に帰ると、美味しそうな匂いが鼻孔をくすぐった。

爆裂イケメン婚約者はパーフェクトガイなために料理もうまい。普段より遅く帰宅した私のためなのか、いつもより多めの品数の夕食がテーブルを飾っていた。

「疲れてるな、青の奴らに何か言われたのか？」

「ウィル～～!!」

そう叫びながら部屋着の薄いシャツに着替えていたウィルの雄っぱいに顔を埋めたのは言うまでもない。

人間の慣れとは恐ろしいもので、数日もすると私も青騎士団の人達もお互いがいることにすっかり慣れてしまった。

与えられた席は相変わらず周りに誰もいないが、たまに仕事のことを相談しにいったり、逆に読めないものを読んであげたりと、話しているうちに最初に感じた忌避の目はなくなっていた。

変わらず仕事は忙しいいし、帰宅後は猪突猛進でウィルの雄っぱいに飛び込む日々ではあるが、精神的に疲れるということはなくなっていた。

「……んっ、フ……はァ……ッぅ、ンン」

夜。

一緒に眠るベッドの上で濃すぎるキスに興じる。

ウィルの大きな手が、薄いネグリジェ姿の私の体のラインをなぞるように縦横無尽に撫でることがこそばゆくて、もどかしい。

それを伝えるように舌を伸ばしてウィルの厚い舌に絡めると、さらなる舌の動きを促されてしまう。

「ウィル……っ、ん」

切なくなって名前を呼び、キスをしながら目を開くと、緑の瞳が微笑むように愛し気に細まった。

ほどよく疲れた体にその眼差しは心地いい。

「ウィル、ギュって……して……？」

「あぁ、もちろん」

ウィルの匂いを感じ、力の入ってない柔らかい筋肉に包まれながらするキスがたまらなく好きだ。

あったかいことも、包まれる安心感も、陶酔する口内の刺激も、すべてが気持ちいい。

ウィルが私の髪を耳にかけ、指で耳殻を優しく引っ掻くように刺激すると子宮が疼く。ウィルによって開発された耳からの快感に微睡むような思いになる。

「髪、少し伸びたな」

「ん……？」

言われてみたら確かに最近髪を切れていない。

まだまだショートカットと言っていい長さだが、私にしては少し長い。

「忙しくて切ってなかったや……。似合わない……？」

「まさか。可愛いから少々困る。……まぁ、この長さなら耳が見えないからいいか……」

「ん？」

「こんなに可愛いと、青の奴らがアユミに懸想してしまう……」

「ふふっ、そんなわけないですよ」

まったくもってありえないのに、本気でそう言ってくるウィルが愛おしい。

だけどウィルは少し不満気な顔をして、さらに強く私を抱きしめた。

「早く戻ってきてくれ。アユミのいない執務室は虚しくてたまらない」

「私も早く戻ってウィルと仕事したいです……。あとちょっとで終わりそうだから待ってて？」

「あぁ。従順な犬のように待っているから、褒美を忘れないでくれ」

ここ最近、ウィルとの触れ合いは眠る前の濃すぎるキスと、帰宅時の雄っぱいダイブくらいで体を重ねていない。それは絶倫であるウィルが疲れている私に気遣っているからなのだが、正直私もウィルが欲しい。

青騎士団の仕事はあと一日二日で終わるだろう。それが終わったら……

僅かな疼きを感じながらも、今日もウィルの腕の中で微睡みに従って眠りについた。


仕事はいよいよ大詰めだ。

デスクに齧りついて業務をしていると、青騎士団の人達が「アユミさん大丈夫？」と心配してお菓子をくれる。いつの間にか名前呼びされるくらい仲良くなっていた。

やっぱり仕事に美醜なんて関係ないと改めて思わせてくれただけでも、ここに来てよかったと思う。

「アユミさん、髪、邪魔じゃない？」

「え？　あぁ、確かにそうですね……」

話しかけてきたのはハワード副団長様。

言われてみたら、髪が顔に僅かにかかって少し邪魔だ。

「髪留め持っているから貸してあげるよ」

「ありがとうございます！　助かります！」

髪は結べるくらいの長さになっていた。といってもポニーテールなんてものではなく、短くて鳥の足のように髪がピンと立つくらいだが。

キュッと髪を結んだからか、耳に飾られるウィルからもらった緑色のピアスが露わになる。副団長様がそれを見て訝し気な表情をした。

「アユミさん、そのピアス……バクストン卿から？」

「えへへ……そうなんです」

「それ、嬉しいの？」

「え？　嬉しいに決まってるじゃないですか。好きな人がくれたんですよ？」

「いやそうじゃなくてさぁ……。もしかして気づいてないの？　同意してる？」

「ん？　何がですか？　同意？」

「気づいてないんだ……。あの公開プロポーズから思ってたけどバクストン卿の独占欲やば……」

「へへへっ、そうなんですよ～。愛されてるんです～」

「いや、そうじゃなくてさ……、いやそうなんだけど。そのピアスさ……まぁいいや。仕事あとどのくらい？」

「ほんとにあとちょっとです。定時には間に合わなそうですけど、予定通り今日中に終わりますよ」

「そっか。じゃあアユミさんがここで仕事するのも今日で最後だね。寂しくなるな～」

「あははは～どうも～」

絶対寂しく思ってないだろう言葉に添うように棒読みの言葉を返した。

多少居心地よくなった青騎士団ではあるが、私はやっぱり黒騎士団……というよりウィルの側で仕事をしたい。いくら帰宅すれば雄っぱいを堪能できるといえども、ふと一息ついたときに見る雄っぱいもまた至高なのだ。

今日中に絶対終わらせるぞと思いながら、また机に齧りついて仕事を進めた。

「お、わったぁ～～～～」

座りながらグーッと体を伸ばして独りごちた。

すでに青騎士団の人達は帰宅していて、今日まで勤務した私に、簡素ではあるが労いの言葉と別れの挨拶を送ってくれた。このあっさり感は嫌いじゃない。むしろ好きだ。

外はすでに夕闇が深い。

ウィルには、今日で仕事が終わるけど少し遅くなるかもと伝えてある。早く帰って雄っぱいダイブしなければ。

いつの間にか増えていたデスクの私物を持ち帰るために片付けていると、入口のほうからコンコンとノック音が聞こえた。顔をあげて見てみると、ハワード副団長様が開きっぱなしのドアに寄りかかって立っていた。

「お疲れ様です。副団長様。業務終わりましたよ」

「あぁ、お疲れ。とても助かったよ、アユミさん」

「どうかされました？　忘れ物ですか？」

「いえいえ、あなたにきちんと挨拶をしようと思っただけです。本当に助かりました。ありがとうございました」

「ご丁寧にありがとうございます」

最後に机を簡単に拭いて、来たばかりのときのような状態に戻してから鞄を持って出口へと向かうが、副団長様は退いてくれない。

「えっと……もう帰るんですが」

「アユミさん、このままここに残りませんか？　あなたの優秀さを買っているんです」

「ありがとうございます。でもお断りします。私は黒騎士団で働くのが好きなので」

バッサリと即答すると、ハワード副団長様が困ったように笑った。

「予想はしていたけど、ここまで即フラれるとは……。じゃあこのくらいの礼はさせてください」

「ん？」

そう言うとスルリと耳朶を指で挟まれ、ビクッと肩が上擦った。

「なっ！」

「動かないで」

何故この世界の人は遠慮なく人の耳を触るのだ。いや副団長様以外にはウィルしか知らないけど……。

そしてウィルに耳を触られる時は体が熱くなるのに、副団長様に触られた瞬間ゾクリと寒気のようなものが体を駆け巡った。

「っや！　な、何っ……」

「ん？　結構難しいな……」

クニクニと耳朶を挟まれ弄ばれているような感覚に泣きそうになり、訳が分からないがとにかく逃げようと思った瞬間だった。

「――……貴様、何をしている」

地を這うような冷気を帯びた怒気の声が、私と副団長様しかいなかった暗い部屋に響いた。

内臓すべてを握られたような恐怖を感じ、その声のほうを見ると――騎士服ではなく簡素な黒シャツ姿のウィルが、黒髪の隙間から見える緑色の瞳の瞳孔がガッツリと開いた状態で立っていた。

「ウィ、ル……」

「人の婚約者に触れるなど……高貴なハワード卿ともあろう御方が。物の道理に暗いとお見受けする」

「私も人の色恋に口出しはしない主義ですが、我が団に尽力してくれた彼女にせめてもの礼をと思って、呪縛を解いてあげようと思ったまでですよ。本人の同意なくこのようなものをつけるバクストン卿こそ物の道理に暗いのでは？」

「呪縛？」

ハワード副団長様は私の耳から指を離さず、またクニクニと弄り始めた。

「――ちょっ！」

「あっ、やっと取れた」

副団長様がやっと私の耳から指を離し、外した緑のピアスを手のひらに乗せて見せてきた。

言葉を失う私とウィルをよそに、もう片方の耳に手を伸ばしてきた。

「反対側も外してあげますね」

「俺のアユミの耳にさわ……」

「――ぎゃあああぁぁぁ!!　ウィルからもらったピアスがあああぁぁぁあ!!」

一拍遅れた反応が絶叫と共に戻ってきた。

溢れる怒りの勢いそのままに副団長様の胸倉を掴み上げた。

「ちょっとあんた何してくれてんの!?　いきなり触ってきたと思ったら大事なピアス外すとか意味わかんないんだけど!!　ふざけんな!!　貴族だかキャリアだか知らないけど、やっちゃいけないことがあんでしょうがあぁぁぁ!!」

「え、いや、だってこのピアス追跡魔法かかってるんですよ?　嫌だろうと思って親切心で……」

「嫌じゃないわ!　ウィルなら別に嫌じゃないっつーの!　何なわけ!?　私がいつ外してって頼んだ!?　頼んでねーよ!　ウィルにならGPSつけられたって全然いいっつーの!」

「じ、じーぴー……って何?」

「いいから早くピアス返せ!」

副団長の手のひらに乗っていた大事なピアスを叩くように奪い取り、急いでウィルのもとへと向かった。

今の今まで感じていた怒りがウィルの顔を見た瞬間、申し訳なさに変わって泣きそうになってしまう。

「ウィ、ウィル……。ごめん、これ外されちゃって……。も、もう一回つけられる……?」

「あぁ、問題ないよ。何度でもつけてやる」

「よ、よかったぁ……。とにかく早く帰りましょ？　ここにいたくないです」

「そうだな。すぐ帰ろう」

呆然としている副団長様を視界にも入れたくなくて、振り返りもせずに迎えに来てくれたウィルに腰を抱かれながら家路を急いだ。


家に着いた瞬間、ドアに縫い付けられるように手を押さえつけられ、捕食のようなキスが襲った。

舌を吸われ、絡め取られ、たまに甘噛みされるとそれだけで頭が蕩けてしまう。

「ハッ、ぅんん……っン、ゥ……ふっ」

この性急さが心地いい。

ウィルの溢れる情欲をぶつけられていることが気持ちいい。

互いに舌を突き出し、薄く目を開け互いを見つめる。

蕩ける私を、熱く滾るウィルを、視界いっぱいにすることの幸福が迸っている。

「ウィ、ル……っ、ピアス……つけ、てぇ……？」

「あぁ。今つけてやる」

そう言ったのに、耳殻や耳朶を消毒するかのように舐めては噛み続け、一向にピアスをつけてくれない。

開発されきった耳を弄られ続けて立っていられなくなってしまった。私を支えるようにドアに押さえつけているウィルが、脚間に膝を入れてきて座り込まないようにした。

ただ、疼くソコにウィルの膝が当たることが、密かに小さな快感を生んでいる。

「アッ、……ひぅ……ツン……ウィルぅ……」

「アユミの耳を、誰にも触らせないでくれ……。この耳は、アユミは、……俺のものだ」

「んぅ……ヒァッ……アッ……ウィルの、だからぁ……」

「髪など結んで……可愛い耳が丸見えじゃないか……。俺を嫉妬で狂わせないでくれ」

首筋に舌が移ったかと思えば、耳までねっとりと艶めかしく舐められ体が震える。脚の間にいる膝が秘部を擦ってさらに快感が生まれる。

キスと耳への愛撫をしながら髪を解かれ、器用に服を脱がされ、全てが雑に床に捨て置かれた。

ブラのホックも外され、浮き上がったブラの下にウィルの手が滑り込み、直に胸を揉まれ始めた。

「あぁ、んっ！　ヒャウ！　……っん、ふゃっ」

「もう先が固くなってる」

「――ンギュッ！」

乳首を指の間に挟まれながら揉まれ、主張が強くなっていることを揶揄《からか》うように指摘され、羞恥と同時に快感が生まれる。

ウィルのシャツをキュッと掴んで幾許かの抵抗を示したが、ただ可愛い抵抗だと受け止められただけ。

「アユミ、俺の膝が湿ってきたんだが……？」

「――っ！」

「……どうしてほしい？」

意地悪に微笑む顔が間近に広がる。

胸を揉む手は止まず、時折膝が秘部を擦るように揺れて、緩い快感に支配され疼きが加速する。

恥ずかしいのに、それよりも遥かにウィルを求めている。

欲しがっているのは体か、心か、……いや両方だろう。

「ウィルに……めちゃくちゃに、してほしいっ……」

胸を晒し、だらしない顔で涙を浮かべながら伝える私を、ウィルが愛し気に見つめる。

そのままゆっくりと耳に唇と手が近づき、ふわりと温かくなった。やっとピアスをつけてくれたのだとわかり、多幸感が胸に広がっていく。

「ウィル……」

「アユミが望むように、めちゃくちゃに愛してやる」

「――ンンゥ！」

口内を舌でかき混ぜるようなキスが襲い、舌を絡めながらウィルが自分の服を剥ぐように脱いだ。

毎日求め、今日も求めていた雄っぱいが露わとなる。キスを止めたくないと思いながらもそれを見たいと思っていると、ウィルの手が私の手を取り、自分の胸へと導いた。

「つぁ……」

「俺の胸、好きなんだろ？　いいよ？　たくさん触って」

「ハアァァ……」

何度触っても飽きることがない魅惑の雄っぱいが手のひらに伝わって、感激して涙が出てしまう。

そんな私のことをウィルは楽しそうに「ハハッ！」と笑ってまたキスに興じ、私の胸を揉んでいく。互いに胸を揉む状況が淫靡で、快感を余計に助長する。

「また膝が濡れてきたな……」

「ンゥ……だっ、てぇ……」

「俺の胸を揉んで気持ちよくなったのか？　ほんとに俺の胸が大好きだな」

「っ、はぅ……ッ、……す、好きィ……っ」

「ほら、手が止まってるぞ？　好きなだけ揉めばいい」

「ぁあっ……待っ、ァ……」

ウィルに襲われているこの状況にすら快感を覚え、手が覚束ない。

すると「揉まないなら俺にしがみつけ」と言って私の手を自身の首に回すように誘導し、体を屈めて乳首を口に含んだ。

「――ヒャアッ！」

指先で乳首を押し潰しながらもう片方の胸の乳輪をねっとりと舐め上げる。乳首を舌先で弄ぶような舌技がまた気持ちいい。

胸元にウィルの顔が埋まり、ウィルの黒髪に顔を埋めると大好きな爽やかな匂いを感じられて、それすらも気持ちよく感じてしまう。

するとウィルが私のボトムスのジッパーを器用に外し、ショーツの中に手を入れこんで、直接お尻の柔肉を揉んできた。そのままショーツごとボトムスを脱がされたが、完全には脱がされず、動きを制限するようにひざ下でボトムスが止まった。

さらけ出された秘部は快感をしとどに体現していて、ソコからショーツに粘り気ある愛液が粘糸となって繋がり、プツンと切れた。

そしてウィルの太く長い指は秘部に侵入し、抵抗も何もなくナカへと誘われていく。

「アッ！　……ァあっ……っ～～」

何故指が入っただけでこんなにも気持ちがいいのだろう……

背中を弓なりにして胸をウィルに差し出すように突き出しながら、快感を呑み込んでいく。

欲しすぎた快感を貰い、悦びすぎている体を虐め抜くように指が抽挿されると、濡れすぎたソコからはチュポチュポといやらしい音が聞こえてきた。

「ヒャグッ、っぁ……ヒィッ……っあん……っ……んんァ」

「ココ、好きだろ？」

ウィルの指が根元いっぱいに入ったところのお腹側を擦られるとすぐに快感が高みにのぼり、膣壁が指を絞り上げると同時に、ウィルに乳輪ごと胸を吸い上げられた。

「――～～っっっ！　……ヒッ！　ツンぐ……っ、ぁあ……っ」

愛液が噴き出してウィルの手を濡らしていく。

「ほんとにココが好きだな、……いやらしい」

ガクガクと膝が震えるのを、ひざ下で止まっているボトムスが邪魔をしている。

快楽に溺れている真っ最中なのに、ウィルは余韻を残すことなく指を増やし、また抽挿を始めた。

「ンアアッ！　……はっ、ア……っひぎゅ、待っ、ァ……ィイッ！　イッ、へゅ、からあぁぁっ！」

絶頂から下りられず、快感から逃げ出したいと思うのに、鎖のように脚の自由を奪うボトムスのせいで動けない。

嬌声をあげてウィルの広く固い肩を掴むことしかできず、グポグポと指を受け入れ、ただ翻弄される。ウィルはとことん容赦なく、唾液で濡れる胸をまた揉んで、空いた唇は飽くことなく耳へと向かった。

「〜〜っっ……ヒャアァ……ッフ、ぅう……ひゅごっ、ィ、イクッ……イッへぇゆぅ……っ！」

「あぁ、イッてるな。……可愛いよ」

「ウィ、リュッ……っんぁあ……ゃっ、アァ……きもちぃっ……ッ」

「あぁ、きもちいいな。……もっと、欲しい？」

耳穴に直接吹き込まれる低声が内臓を震わせるようだ。

それは膣壁に直結し、言葉よりも先に返事をする。

すると指を抜かれ、くるりと反転させられる。扉に手をつき、ウィルに背を向けるような体勢になった。すぐさま胸を揉まれ、切なくなっている秘部に指が埋まる。

「ヒャアアァァッッ!!」

わざと音が出るようにかき混ぜられて、ピチャピチャと水面を叩くような音が秘部から聞こえてくる。扉にしがみつくように凭れ、尻を突き出す私に覆い被さるウィルにグチャグチャとナカをかき混ぜられ、寝室でないこの場でのまぐわいがさらに自分を興奮させていることを感じる。

するとウィルが、汗で髪が張り付いているうなじを髪ごと舐め上げた。――と思ったら、少し痛みが走るほどの強さでガブリと噛まれた。

「――ヒぎゅっ！　……ぁアッ……なっ、で……か、噛むのぉ……っ」

「髪を結んで、アユミのこのうなじも、可愛い耳も見せたから……お仕置きだ」

「お、しおき……んぃイッ！」

今度は耳殻に歯形がつくほどの強さで噛んできた。

〝お仕置き〟という言葉にすら甘美に反応する私はもう取返しがつかないところまでウィルに堕ちてしまったのだと思い、それすら嬉しくてコプリ、と愛液がまた溢れ出した。

耳への甘噛みは止まることがなく、それをされる度に、痛いのに胸が甘く締め付けられる。

「イイッ！　……っゃああ……っア……ぃやぁ……！」

「いや？　俺の指を強く締め付けているのに？　……本当に耳噛まれるのは、いやか？」

「うう〜〜……ッア、ァ……ひゅきっ、全部っ……しゅきぃい！　……ァ、んぅ……ッアア！　イッ……！」

ウィルは甘く噛んだ耳を労わるように歯形のついた箇所を舐め、私の弱いところをグチグチとかき混ぜ、遠慮も何もなく胸を揉み、乳首を捏ねてくる。

弾けるような快感が絶え間なく訪れるのに、もっともっと欲しくなる。

――ウィルの長い指でも届かないとこ、自分の一番奥の奥、ウィルしか知らないソコに触れてほしい。

そんな思いが体に表れ、ウィルを求めるように腰が揺れて、声が一層甘くなる。

「ウィルッ……ぁ、ウィ……ッリュぅ……もっ、とぉ……っ、ぁあ、ン！」

「もう欲しいのか？」

「んっ……ほ、しぃっ……ッ……きてっ、ぇ……？」

「もうこの耳を、他の男に触らせない？」

快楽に完全に堕ちている私の顔を見るように、頬に手を添えて顔を合わせる。

口端から唾液を垂らすだらしない私の顔を鋭く見つめるウィルの顔が凄艶で、それを見るだけで欲望が増していく。

「しゃわら……せなっ……いぃぃ……ッ」

「アユミは誰のもの？」

「……ッ、ウィルの……ン……わ、私の……ぜ、全部っ、ウィルのものォっ！　――ツンアアアァッ！！」

欲しすぎて泣いてしまうほどだったものが、何のつっかかりもなく最奥をズドンと押し上げた。

挿れた瞬間に愛液を溢れさせながら達して、苦しいというのに、私を酸欠にさせるようなキスをしながら腰を振ってくる。

「フッ、ッ……、んふ、……ッン……んあ、ぁ」

扉にすがりつく私をそこから剥がすように、両胸を揉んで自分のほうに引き寄せる。

もう何が気持ちよくて、何が苦しいのかわからなくて、結局全部が気持ちいい。

「アッ、ひぃ……っんぐ……ぁ、しゅきっ……ウィリュ……っあ、ぅっ」

腰の動きが速すぎて、パンパンという乾いた音ではなく、タンタンタンと柔らかい音がする。

自分の奥を太い鈴口がノックすることが気持ちよくてたまらない。

無意識につま先立ちでウィルを受け入れやすい体勢になってしまうのは、私が淫らなだけなのか、女がゆえの本能なのかわからない。

過ぎた快楽から膝の震えが止まらなくなってきて立っているのもやっとだ。だけどそんな私のお腹に逞しすぎる両腕が回って座り込むことすら許されず、容赦なく奥を突かれ続けていく。

「――～～ンンッッ！　……ィイイッ……ひゃぅ、ッ……ィ、イッ、イクゥッ……！」

「〝イッちゃう〟じゃないだろ？　アユミはずーっとイッてるよ」

「～～～ッッ……ッ、待っ、ァ……、フッ……もぅっ……立て……なっ……」

「立てない？」

コクコクッと頷いて、涙で滲む視界の中でウィルを見ると、「立てない」と言っているのにひどく嬉しそうに笑んでいるのが見える。

イジワル……と思いながらもそれがまた嬉しくて、自分を穿つ熱杭をギュウゥと締めつけた。ウィルはそれを予期していたらしく、愉しそうに笑った。

「俺も一度イキたいから、俺がイッてから寝室に行ってもいいか？　もちろんアユミのことは抱いて運んであげよう」

「ンッ……ウィルも、イッて……ほしっ……」

「本当に愛おしいな、君は。……アユミも、たくさんイッてくれ」

「ンヒャアァッ!!」

片腕で私の体を支えながら、触れられてもいないのにぷっくり膨れた秘蕾を指腹で優しく押し潰した。

尿意にも似た快楽が腹から下に押し寄せ、膝に力が入らないのに膣壁に力がこもる。ジュプ、ジュプと淫靡な水音を奏でながら抽挿されるとお腹に熱がたまっていくのがわかり、もはや声すら出ない。

それなのにいつまでも私を苦しめるように耳に舌が這う。

「ンンッ〜〜〜……ン、ぎゅっ……っ……ッッ」

背後から自分をかき混ぜる熱杭が与える快感に耐えていると、ウィルが熱い息を耳に吐きかけて一際強く腰を打ち付けた。

「ひぐっ、ううぅぅっっ……!!」

「——っ、ぐ……ハ、ァア」

ずっと握りしめられるような快感に耐えていたのに、それが解き放たれ、快楽に目の前が白んでいく。

ジュワッ……と臍《へそ》の内側に広がる熱がさらに心地よく、力がどんどん抜けていってしまう。

だが当然ウィルは私を座り込ませず、己を抜き去ると、ずっと脚の自由を奪っていたボトムスを甲斐甲斐しく脱がせ、私を一糸纏わぬ姿にした。

されるがままの私の腕を自分の首に回させ、両膝裏に腕を回してあられもない姿の私を抱きあげた。

「――フアッ⁉」

力が抜けてウィルにすべてを預けていたら、突如としてまた穿たれた。

無意識に脚を閉じて快感を逃がそうとするが、ウィルの体を挟むように抱っこされているため、それが叶わない。

快感を逃がそうとギュッと目を瞑りながら、（これ、駅弁っていう体位だ！）とどこか冷静に思い、私を軽々と抱き上げるウィルの筋力にまた惚れる。

近すぎる距離の真正面に顔があり、ウィルは喜々として軽いキスを楽しそうに落としていく。

そして、繋がったまま私が落ちないように器用に支えながら、脱ぎ捨てられた服をすべて拾って近くの棚に雑に置き、ゆっくり歩いて寝室へと向かう。

「アッ、ひ、……待っへぇ、歩っ、だめぇ、……ッッ、ぅあ」

「アユミの体は熱くて柔らかくて、こうしてくっついていると気持ちいいな」

「はっ、ふぅ……ンュ……っあ」

ウィルの体が固いことが気持ちいい。私の胸が雄っぱいに押し付けられていることが嬉しくてウィルを抱きしめる腕の力を強めたが、大して力が入らなかった。

やっと寝室へと辿り着き、繋がったまま向かい合ってベッドに腰掛けた。

ウィルが歩くたびに奥を突かれて、ここに来るまでに何度か軽く達してしまっているが、ウィルは今日はとことん容赦がない。

元々一度始めてしまうと長いけれど、今日はそれ以上に長期戦になりそうな気がした。自分はどうなってしまうのだろうという僅かな恐れと、隠せない期待と疼きが胸に広がる。

「ウィル……好きっ……ウィルが、触ると、すごく……、気持ちいぃの……好きっ、大好き」

「あぁ、俺も好きだよ。アユミが愛しくてたまらない。アユミが青騎士団に行くことが本当に嫌だった」

「うん……知ってる……」

「ずっと俺の視界の中にいてほしい、俺の腕の中にいてほしい。誰にもアユミに触れさせたくないし、見せたくもない。アユミの耳もうなじも、アユミのすべてが俺のものだ。……残り香すらも誰にも与えたくない」

「嬉し、ぃ……嬉しいっ、よぉ……」

「だからピアスに追跡魔法をつけてしまったんだ。黙っていてすまない……」

大きくてところどころ固い手が私の頬を撫でる。その手が愛しくて、手のひらに自分の頬をすり寄せた。

ウィルはそんな私の行動が嬉しいというように優しく目を細めた。

「いいの、それでウィルが少しでも不安じゃなくなるなら全然いい。ウィルのこと、愛してるから……」

何度しても飽きることがない舌を絡めるキスをする。

互いの肌がくっつくことすら気持ちよく、ウィルがベッドに横たわるように後ろに倒れても唇を離したくない。

ウィルの巨躯に覆い被さった途端、下から緩い抽挿が始まって、秘部を動かないようにするかのようにお尻を掴まれた。

「ふゃっ、ぁ……ひ、ぅっ……ン、んんっ」

「……アユミ、明日から連休だよな？」

「んっ、ぇ……ぅん」

「じゃあ遠慮しなくても……いいよな？」

「っ！　……ぅ、うん。……いっぱい、してほしい……」

欲しがる私の言葉にウィルは艶然と微笑み、頭を引き寄せキスを仕掛け、そのまま下から突き上げた。


一向に萎えることがないウィルのおかげで朝方まで愛され続け、落ちるように眠っていた間にウィルは通常通り仕事に行き、夕方に目覚めて帰宅したウィルにまた朝まで愛される日が続いた。

連休最終日はウィルの休みと重なり、私達は離れたら死ぬ呪いがかけられているのでは、というほどずっとくっつき繋がっていて、ベッドがグシャグシャになったらカウチソファで、窓際で、ダイニングで、リビングで愛し合い続けた……――

後日、ハワード副団長様に貸してもらっていた髪留めを返しに行くと、「君達のようなバカップルとはもう関わりたくない……」と辟易したような表情でそう言われて、何故だかそこで初めて親しくなったように思えた。
その後、私が青騎士団の人と少し仲良くなったことを知って、ウィルが嫉妬の炎を燃やしたのは言うまでもない。

～完～

番外編　そんなもの、どうでもいい

「チッ……」

辺境地だから届くのがかなり遅れたという手紙を折りたたみながら、小さく舌打ちをした。

手紙には謝罪と、新天地で頑張ってほしい、また会える日を楽しみにしている、という内容が綺麗な女性らしい字で綴られていた。

その手紙を見ると苛つくが、グシャグシャにするでも破るでもなく封筒に入れて、あまり使っていない引き出しに入れて乱暴に閉めた。

むしゃくしゃした気持ちのまま自室にいることが居た堪れず、散歩に出ることにした。

異世界から来たという、首が見えるほど髪が短いあの女のことは、最初から気になっていた。

始めは線の細い男だと思っていたのに、女とわかってからは髪が短くても女に見えるもんなんだな、と感心にも似た思いでいた。丸い頭に妙に似合う短い髪はそいつを活発にも知的にも見せていて、やたらと目を惹いた。

だが、髪が短い女に興味を持っている自分がどうにも許せなかった。

あいつと何を話せばいいのかわからなくて、結局たまに顔を合わせてもウィッグを勧めたり、髪を伸ばさないのかという言葉しか出てこなかった。人と話をすることを不得手と思ったことなんかないというのに。

――だからあいつが俺の恋人の有無を聞いてきたとき、隠すことができないほど歓喜した。

こいつ、俺のことを……という考えが過ぎり、それでも自分が髪の短い女に興味があることを許せなくて、あいつに失礼な態度をとり続けた……――


「ルーク様！」

いつまで経っても気分が晴れないまま歩いていると、自分の名前を喜々として呼ぶ声が聞こえた。

その声のほうへ僅かに体を向けると、明るい茶色の長い髪を靡《なび》かせながらこちらに駆け寄ってくる一人の女性が見えた。太ももまで伸びているその髪は一際丁寧に手入れが行き届いているようで、陽の光を綺麗に反射している。

「あぁ、ノエ」

「こんなところでお会いできるなんて嬉しいです！　私服ってことは、今日はお休みですか？　どこかに行かれるんですか？」

「……今は散歩してるだけだ」

――この街に来て、はや数ヶ月が経った。

団長達から物理的に離れたくて、副団長に頼み込んで異例の速さで対応してもらって今、この地にいる。

ノエはこの街で知り合った酒場で働く女の子だ。

ここの騎士団にある食堂はあまり美味くなく、俺も含め、勤めている騎士の奴らは皆外食を基本としている。そうして通うようになった店で働くノエとたまに話をするようになった。

綺麗な長い髪を持ち、親しみやすい笑顔を浮かべているノエを目当てに店に通う者も多い。

俺は単純にノエが働く店の飯が美味いから通っているだけだが、いつも明るい可愛らしい子だとは思っている。

都会である王都から異動となった俺は、ここの騎士団ではかなり腫れもの扱いされている。

騎士団は元々異動がそこまで多くなく、況《ま》してや中心地からこんな田舎に来る者など皆無といえる。しかも異動理由が団長の婚約者への不敬となると、話に尾ひれがついてとんでもない無法者だと噂され、一時期は誰も俺に寄りつかなかった。

だが大人しく粛々と職務をこなし、同僚達との接触も最低限にして過ごすうちに、そういった噂は鳴りを潜めた。それでも都会から来たというだけで遠巻きに見られていて、必要以上に俺に話しかける者はいなかった。

今の俺にとってこの距離感はちょうどよかった。

ノエは、この街で唯一俺に積極的に話しかけてくる。

何故話しかけてくるのかも、他の男と俺を見る目の熱量が明らかに違う理由も、わからないほど鈍感でも初心でもない。多くはないが恋愛経験だってある。

そう、俺は鈍感でもないし恋愛経験はあるんだ。

――だから先日のような勘違いは初めてのことだった。

勘違いして、浮かれて、ひどいことを言って、ここまで逃げてきて……

――あぁ、くそっ。気分を晴らそうと散歩に来たのに、結局あいつのことを考えて鬱々としてしまう……

「あの、ルーク様……。も、もし……よかったら、なんですけど、お茶でも行きませんか？」

その言葉に、ハッと我に返った。

背の小さいノエが頬を紅くさせながら俯いて、口ごもりながら俺に尋ねている。

今は人から誘われても断ることがほとんどだが、ノエと一緒にいることは疲れない。それはノエからのあからさまな好意が、ある種優越感のように感じて心地いいからなのかもしれないけど、とにかくノエといることは苦ではない。

「あぁ……、いいぞ。でも俺、ノエが好きそうな店とか知らないけど」

「っ！　だ、大丈夫です！　私が好きなお店があるのでそこに行きましょう！」

「任せるわ」


カフェに入り、案内された席は舗道沿いのテラスだった。

飲み物だけを注文し、ボーっと道行く人を眺めながら、意識の半分をノエに向けていた。

「ルーク様って、なんていうかクールでかっこいいですよね。いつも落ち着いていらっしゃるし……。そ、そういうところが私、とっても素敵だなって思ってて……」

「……そうか。あんがとな」

落ち着いてクールなんて今まで言われたことがない。

俺が今落ち着いているように見えるのは、心が伴っていなくて無気力だからだ。

憧れていた団長の下にも、異世界から来たあいつの近くにもいたくなくて、でもいざ離れたら気も漫《そぞ》ろになっている。

何もかもが中途半端だ。

――認めたくなかった。あいつに対する俺の気持ちを。

団長はそのことに気づいていたんだろう。だからあの日俺のことを怒鳴りつけたりせず、静かに諭した。……それが一番俺の気持ちを抉って惨めにした。

団長があいつを抱き上げたとき、二人がどれほど想い合っているのかがありありとわかった。

『比べるまでもなく、アユミは俺といたほうが幸せになれる』と、言葉はなくとも宣言されたように思った。

それでもどうしたって消化できない想いが渦巻いて、こうして無気力な日々が続いている。

……ダメだな、結局こうして鬱々と考え事をしてしまって、一緒にいるノエにも失礼だ。

ふと目の前に座るノエを見ると、必死に会話を続けようとしながらも、照れくさそうに長い髪を指に巻きつけ手慰めをしている。

「ノエは髪、綺麗だな……」

「あ、ありがとうございます！　私、髪のお手入れって好きで……。大変だけど、がんばれば目に見えて成果が表れてくれるし」

「そうか。……髪、大事だもんな」

「はい！」

そうだよな、髪……大事だよな。

ノエを見てやっぱりそう思う。

じゃあ俺はなんで、……なんであいつが。

見た目じゃなくて、俺はあいつが……――

気づけばノエは頼んだアイスティーをとっくに飲み終えていて、氷が溶けて薄くなったアイスティーを僅かに残したグラスは汗をかいている。周りの客はデザートも一緒に頼んでいるし、ノエは甘い物が好きだったと記憶しているから、追加で何か注文しないかと提案しようとしたときだった。

「ノーエちゃん！」

急に男が舗道から話しかけてきた。

テラスと舗道を区切る簡易な低い柵をズカズカと乗り越えてきた男は、どうしてそういう色合いの服を作ったのか、そして買ったのかと疑問に思うほど趣味の悪いシャツを着ていた。ツンとした香水のにおいが鼻につく。

明らかにノエが嫌そうな表情をしているのに気にも止めず、ノエの髪を一房手に取り、その艶やかさを楽しんでいる。

ノエはその手から自分の髪を奪うように振り払った。だがその男はその行動に特に怒ったり傷ついたりする様子もなく、ニヤついた表情を続けている。

「ターナーさん……。あの、何か御用ですか？」

「つれないなぁ。そんなところも可愛いけれど。……ねぇノエちゃん。僕とのデートはいつも断るのに、他の男とはカフェにいるだなんてひどいじゃないか」

「お付き合いの申し出はすでに何度も断っていますよね？」

「一度もデートせずに断らなくてもいいじゃないか。まずは僕のことを知ってほしいし、君のことももっと知りたいんだ」

「私は別にターナーさんのことを今以上に知りたいと思ってませんし、自分のことを教えたいとも思いません」

ノエが不快さを顕著に表しているというのに、ターナーと呼ばれた男はものともしない。その粘着質な視線は、自分に向けられているものでなくとも不快だし、危機感を持った。

「申し訳ないが、我々はもうここを出るところだからこれで失礼する。――ノエ、行くぞ」

「は、はいっ！」

ノエを庇うようにして立ち去る際、チラッと横目で見たその男は、憎悪が混じる粘着質な眼差しをこちらに向けていた。

その視線の先にいるのがノエと一緒にいた俺なのか、それともノエ本人なのかはわからなかった。

その後、ノエが働く店に行くと、必ずあの趣味の悪いシャツを着た男を見るようになった。

忙しなく働くノエを注文する振りをして呼びつけ、手を取ってしばらく離さない。そんな様子を俺だけでなく他の客も店主も見ていてターナーに注意するが、聞く耳を持たなかった。

店主は俺が騎士であることを知っているため、ノエがいない日に相談してきた。

ターナーのことを出入り禁止にして、一時は迷惑行為も鳴りを潜めたが、いよいよ本格的に付き纏うようになってしまったらしい。ノエの家もバレて、連日手紙だったり趣味の悪いものを送りつけてきたりして、ノエは迷惑を通り越して恐怖しているという。

店主は俺に相談するようにノエに言ったそうだが、「迷惑をかけたくない」と断られたと教えられた。

――……嫌な胸騒ぎがする。

ターナーのあの粘着質な視線をノエが一身に浴びていると思うと、ザラリとした不快なものが胸を撫でる。

以前仕事帰りのノエを送ったことがあって家の場所は知っているため、店主に相談された日から、巡回の際にはノエの家の周りを丹念に見回りするようになった。

片田舎であるこの街は、王都よりも夜の闇が濃く、静けさも深い。

仄かな灯りだけが弱くその場を照らし、僅かに移動するだけでまた闇が訪れる。

一人暮らし用のアパートが連なるノエの家の近所を、騎士数人と少しバラけながら巡回しているとき、角から急に現れた男とぶつかった。

謝りもせず走り去るそいつに苛立ち、振り向いて見ようとしたとき、その暗闇でもわかるほど趣味の悪い派手な服装の背中がすぐ暗闇に溶けていった。

そして少し遅れてやってきたツンとした不快な香水の香りが、あの粘着質な眼差しを思い出させた。

「っ、あいつ……ッッ！」

悪い予感が脳裏を過ぎり、一瞬そいつを追いかけようか迷ったが、それよりもノエの家のほうから来たことが気になる。

急いでノエの家に向かい、逸る気持ちでドアを叩こうとしたが、大きく息を吐いて軽くノックをした。

――コンコンッ
「キャアッ!!」

涙で濡れているような、ひどく怯えた悲鳴が中から聞こえてきた。

そのことに喉を握り潰されたような苦しみを感じたが、それを必死で飲み下して、努めて優しい声を出した。

「ノエ。俺だ。ルークだ」

「っ、ぇ……ル、ルーク様……？　なんで……」

「すぐ近くでこないだの男を見かけて、お前のことが気になって来たんだ。大丈夫か？　ここを開けてくれないか？」

「っ……」

薄いドア一枚隔てたすぐ向こうにノエの気配がする。

「ここを開けて」と言った瞬間、彼女が声を詰まらせたように感じた。

「ノエ？」

「あ、あの……ご、ごめんなさい……。開けるのは……今は……ぃや、し、しばらくは……ッ、っぅ……」

「ノエ……？　泣いてんのか？」

「……っ……ぅっ……」

「あいつに何かされたのか？　ケガしてないかとか心配なんだ。少しだけ顔を見せてほしい。頼むから開けてくれ」

「っ……ル、……クさ、ま……」

じれったくなるほど間が空き、そしてゆっくりとドアが開いた。

暗いドアの隙間からノエを見たとき、あいつ――アユミを思わせるような既視感があった。……が、その既視感をすぐさま消し去るような激情で胸をかきむしりたくなった。

「髪……どうした……」

「……っ」

ノエは俺の顔を一切見ず、目を伏せたまま。

太ももまで伸び、艶めいていた綺麗なノエの髪が、肩にも届かないほど短くなっていた。しかも、ナイフかハサミで何度も切られたのだろう、真横にバッサリと切られた髪束がいくつもあって、はっきりいって悲惨だった。

必死に抵抗したのだろうか、普段は太陽の光を艶で反射するような髪がひどくグシャグシャになり、頭に小さな鳥の巣のようなものができている。

「あの男が、やったのか……?」

「……っ、急に、ここに来て……、自分と付き合わないなら、誰にも見せられない頭にしてやるって……っ、ゃ、やめて、って言った、のに……話……聞いてくれなくて……そうしたら、急に……ナ、ナイフで……」

「──あの、クソ野郎っ……! ぶっ殺す!!」

沸々と生まれる怒りをそのまま言葉にして、拳を痛いぐらい握りしめ、この拳をそのままあいつの顔面にめり込ませたい衝動が自分を染めた。

「つらいこと言わせて悪かった。今すぐあいつを捕まえて血反吐吐くぐらいぶん殴ってやるから、ノエは家の中にいとけ」

「っぁ……」

ノエが震える手で引き止めようとしたが、その手は俺を掴むことはなく引き下ろされた。

掴まれなかったことに何故か心の中で舌打ちをし、念話を使って近くを巡回しているはずの騎士にターナーの特徴を伝え、見つけ次第捕えるように伝えて、ここから離れないことにした。

俺が出ていかないのを察したのか、今度こそノエが俺の服をか弱く掴んだ。

その手を、ノエを、どうしていいのかわからず、ただ突っ立っていることしかできない。頑なに玄関から出ないノエを宥めて家の中に入るように無言で促し、そのまま俺も中に入った。

俺の袖を摘まんだまま俯き続けるノエからは、しゃくりあげるような声は聞こえない。

ふと顔を上げると、きっと普段は整理整頓されているのであろう部屋には嵐が去ったかのように物が散乱していて、この部屋で何があったのかがまざまざとわかり、苦いものが口内に広がった。

なのに、俺は気の利いた言葉一つかけてあげることができない。

「ルーク……さま、……わ、私のこと、嫌わない……で……」

「え？」

「好きに……ならなくても、いいから……こんな、頭の……私……嫌わないで……」

震える声で懇願するその言葉に、先ほどの激情とは違うむしゃくしゃが胸の奥から現れた。

「こんなの……、もぅ、外……出れないっ……こんな、ブサイクな……。ぉ、お願いっ……き、嫌いに……ならな、って……」

「なんでっ」

なんで怯えるようにそんなこと言うんだよ。

髪なんて……見た目なんて……

そんなことでお前の良さが消えるわけねぇし、嫌うわけねぇだろ。

「どんな髪型してたって、ノエはずっと、可愛くて、綺麗じゃねぇか……」

「……っ」

本心なのに、心の底から思っていることなのに、言葉にするとこんなにもひどく薄っぺらい。

――言葉は時に鋭利なナイフで、時に役立たずな紙屑だ。

ノエは人を惹きつけるような笑顔でいつも周りを明るくしていて、その笑顔を見るのが心地よかった。


ノエが嬉しそうに俺を呼ぶことが、嬉しかった。

あの男がノエに危険を及ぼすかもしれないと思ったら、心配でたまらなかった。

守りたいって……

傷ついてほしくないって……――そう思っていた。

なのに今、こんなにも傷ついたノエを、慰めることすらできないでいる。


「守ってやれなくて、ごめん」

その言葉に、ノエが涙を溜めた目で俺を見上げた。

その目から逃げたいような思いになったが、逸らさなかった。

「あの男がやべぇ奴だってわかってたのに、怖い思いさせて、傷つけて、ごめん……。髪の手入れが好きだって言ってたのに……ほんとにごめん」

「ルーク様が謝ることじゃっ……」

「俺、ノエが思ってるような人間じゃねぇんだ……。落ち着いても、クールでもなくて、お前を守ることもできない……すげぇ情けねぇ弱い奴なんだ」

明かりの点いていない暗いノエの部屋の入口で、俺らは静かに佇んでいる。

ノエが俺の袖を弱く掴む。

それが俺に縋っているようにも、俺の首を絞めているようにも感じてしまう。

「俺も、好きな奴が自分のものにならないって苛立って、すげぇひどいことを言ったことが、ある……」

「好きな人……」

「いつもひどいこと言って、あいつは平気そうにしてたけど、ひどいこと言って傷つかないわけないよな……」

「……」

「だから俺もあの男と変わんねぇんだ……。好きな奴が嫌がってるのに、傷つけてるのに気づかなくて、気持ちが暴走して、さらに傷つけて……ほんとださくて情けなくて……。ノエに好いてもらう理由なんて全然ねぇんだ」

だから、どうかやめてくれ……

俺は、嫌わないでと乞われるような人間じゃない……

ポロポロとノエの目から涙が溢れる。

顔に細かい髪がくっついていて、それが涙で僅かに取れていく。

「――……そんなのっ……知らない……」

涙で濡れた、怒気のこもった声だった。

「ルーク様は……、その女性にとってはひどい人だったのかもしれません……。でも……っ、私にとっては、違うっ……！」

声が震え、肩が震え、涙をポロポロと落とすノエがまっすぐ俺を睨んでくる。

惨たらしい姿でいる彼女が、俺を叱咤しているかのように。

「誰かにとってのひどい人でも……、私にとっては、今……、側にいてくれて、こんな頭になった私のこと……綺麗で、可愛いって、言ってくれて……守ってあげられなかったって……私のために怒って、悲しんでくれる優しい人です……」

「っ」

「私が、守ってほしいって相談しなかったんです……。それに、ひどいのは、悪いのはすべてターナーさんで、ルーク様がそんなふうに傷つく必要なんて、ないっ」

「でもっ……」

「昔の、ルーク様がどんな人だったのかなんて、そんなの知らないっ……。私は、私を守れなかったって傷ついてるあなたが好きなんです！　私の気持ちを、勝手に決めて、逃げないでよ……！」

「――……っ」

俺は、また間違えてしまった。

今の今、ノエを傷つけたくないって思ったのに、傷心に酔って、ノエの気持ちを無下にして傷つけてしまった。

もう間違えたくない……

自分のつまらない意地や勘違いや偏見で、人を、……今目の前にいるこの女性を傷つけたくない。


ほんとに、くそだせぇな、俺……


恐る恐るノエの手を取り、脆いガラスを持つように華奢で冷えきっている手を包んだ。

泣きながら怒るノエの涙を指の背に乗せるように拭うと、ノエの目に新しい熱い涙が浮かんだ。

「ノエと同じ気持ちを、今、持っているかと言われたら答えられない……けど、お前が傷ついているところを見たくない。傷ついたお前をどうにかして慰めて……、少しでも傷を癒してあげたいって、思う……」

「そんなの……告白してるようなものですよっ……」

ボサボサの頭をゆっくりと撫でつけてやると、髪の短さや毛先の悲惨さはあっても、艶のある彼女の髪は変わらない。触り心地の良い髪を何度も何度も撫でると、鳥の巣のようになっていた髪は元の艶を少しずつ取り戻した。

「ノエ……抱きしめても、いいか？」

「っ……そういうときは、黙って引き寄せて抱きしめるんですよ……？」

涙を浮かべ、少し笑いながら言ったノエを引き寄せることもできず、ゆっくりと縋るように一歩歩み寄って優しく抱きしめた。

自分の腕の中にすっぽりとおさまる彼女の無残に切られた髪が顔に当たる。薄い肩越しに見える床に散らばった長い髪が見えて、さらに縋るように強く抱きしめた。

「ノエ……、また、俺とお茶しに行かねぇか……？」

「……え？」

「今度は俺が店探すから……。ノエが喜ぶような店を見つけられっかは、わかんねぇけど……」

「でも、こんな頭……」

「嫌ならいいけど……その、お前が一人で外出んのはまだこえーかと思って……っじゃなくて、俺はお前と一緒に……その……あぁ、くそっ！　……うまく言えねぇ」

「い、行きますっ！　一緒に行ってほしいです！　……ッフフ」

「……んだよ。何笑ってんだよ」

腕の力を緩めると、ノエの表情からは温かい笑みが見えた。

「いえ、ルーク様って結構お口が悪いんですね。ほんとに全然クールじゃないし、カッコ悪い……フフッ」

「……だから、そう言ったろ」

疎らな長さに切られた髪の短いノエの眦《まなじり》には、まだ涙がついたまま。

拭い切れていない恐怖が残っていながらも、俺のことを揶揄《からか》うように小さく、そして優しく笑っている。

――……その笑顔は、かつての彼女から引き出すことは叶わなかった。

でも今、目の前にいるノエの笑顔を見て、自分の中に燻っていた彼女の姿がストン、と過去へ消えていく。

視界に広がるのは、胸の内に広がるのは、腕の中で自分を見つめながら笑う彼女だけだ。

見た目なんて、髪なんて、……そんなもの、どうでもいい。

ノエが笑ってくれるなら、俺はそれだけでいい。

今度は先ほどよりも強く抱きしめると、ノエは俺の胸に顔を埋めながら笑って、そして微かに薄い肩を震わせた……──

彼女の髪がやっと胸に届くようになった頃、花休暇を取って二人で王都を訪れるのは、もう少しだけ先の話だ──

この作品に対する皆様のご意見・ご感想をお待ちしております。
おハガキ・お手紙は以下の宛先にお送りください。

【宛先】
〒150-6008 東京都渋谷区恵比寿 4-20-3 恵比寿ｶﾞｰﾃﾞﾝﾌﾟﾚｲｽﾀﾜｰ 8F
（株）アルファポリス　書籍感想係

メールフォームでのご意見・ご感想は右のＱＲコードから、
あるいは以下のワードで検索をかけてください。

アルファポリス　書籍の感想　検索

ご感想はこちらから

本書は、「アルファポリス」（https://www.alphapolis.co.jp/）に掲載されていたものを、
改題、改稿、加筆のうえ、書籍化したものです。

異《い》世《せ》界《かい》転《てん》移《い》したら、推《お》しのガチムチ騎《き》士《し》団《だん》長《ちょう》様《さま》の
性《せい》癖《へき》が止《と》まりません

冬見六花（ふゆみ りっか）

2023年 7月 25日初版発行

編集－大木 瞳・森 順子
編集長－倉持真理
発行者－梶本雄介
発行所－株式会社アルファポリス
〒150-6008 東京都渋谷区恵比寿4-20-3 恵比寿ｶﾞｰﾃﾞﾝﾌﾟﾚｲｽﾀﾜｰ8F
TEL 03-6277-1601（営業） 03-6277-1602（編集）
URL https://www.alphapolis.co.jp/
発売元－株式会社星雲社（共同出版社・流通責任出版社）
〒112-0005 東京都文京区水道1-3-30
TEL 03-3868-3275
装丁イラスト－北沢きょう
装丁デザイン－AFTERGLOW
（レーベルフォーマットデザイン―ansyyqdesign）
印刷－株式会社暁印刷

ISBN978-4-434-32299-0 C0093